我相信自己

生来如同璀璨的夏日之花

不凋不败，妖冶如火

承受心跳的负荷和呼吸的累赘

乐此不疲

——泰戈尔

我笑，
便面如春花，
定是能感动人的，
任他是谁。

——三毛

我什么都没有忘，但是有些事只适合收藏，

不能说，也不能想，却又不能忘

——史铁生

这个只能结结巴巴跟随的世界，

我将成为这世上，

曾经的一个过客。

——策兰

船在海上，

马在山中。

影子裹住她的腰，

她在露台上做梦。

——洛尔迦

世相迷离，

我们常常在如烟世海中

丢失了自己

——林徽因

我相信一切能够听见，

甚至预见离散，

遇见另一个自己

——泰戈尔

笑那浮华落尽

月色如洗

笑那悄然而逝

飞花万盏

——仓央嘉措

我愿做屋内唯一了解寒夜的人，

我愿梦里梦外聆听你，

聆听世界，

聆听森林，

——里尔克

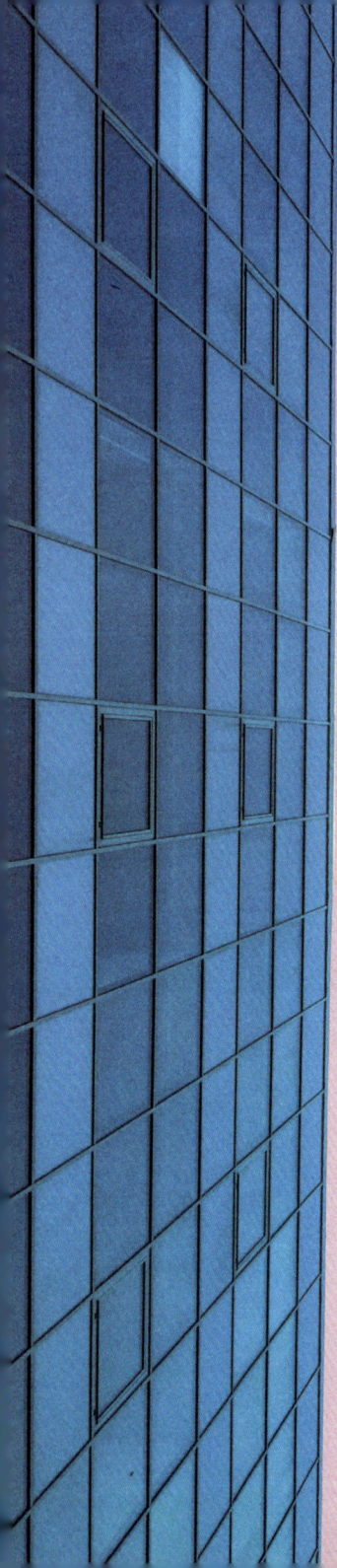

山河岁月空惆怅，

而我，

终将是要等着你的。

　　——胡兰成

雨声潺潺，

像住在溪边，

宁愿天天下雨，

以为你是因为下雨不来。

——张爱玲

宇宙渐渐膨胀

所以大家都感到不安

向着二十亿光年的孤独

我情不自禁地打了个喷嚏

——谷川俊太郎

我用世间所有的路
倒退
为了今生遇见你
——仓央嘉措

在阅读中展开，人生的可能

我们假装
都爱重口味

王天宁

著

百花洲文艺出版社
BAIHUAZHOU LITERATURE AND ART PRESS

图书在版编目（CIP）数据

我们假装都爱重口味 / 王天宁著 . -- 南昌：百花洲文艺出版社，2017.6
ISBN 978-7-5500-2259-1

Ⅰ . ①我… Ⅱ . ①王… Ⅲ . ①短篇小说—小说集—中国—当代 Ⅳ . ① I247.7

中国版本图书馆 CIP 数据核字 (2017) 第 114782 号

我们假装都爱重口味

王天宁　著

出 版 人	姚雪雪		出 品 人	柯利明　林苑中
特约监制	丁丁张		责任编辑	苏双鸽
特约策划	青　艳　田雨露　杨笑笑		特约编辑	龚　煜
装帧设计	嫁衣工舍			

出 版 者　百花洲文艺出版社
社　　址　江西省南昌市红谷滩世贸路 898 号博能中心一期 A 座 20 楼　　邮编：330038
电　　话　0791-86895108（发行热线）　　　0791-86894790（编辑热线）
网　　址　http://www.bhzwy.com
经　　销　全国新华书店
印　　刷　北京兴湘印务有限公司
开　　本　880mm×1230mm　1/32
印　　张　9.5　　　　　　　　　　字　　数　170 千字
版　　次　2017 年 7 月第 1 版　　　　印　　次　2017 年 7 月第 1 次印刷
书　　号　ISBN 978-7-5500-2259-1
定　　价　39.80 元

赣版权登字：05-2017-181

目录
CONTENTS

○ 九指车王舒马赫 ／ 001

○ 江南吵架天后 ／ 031

○ 垃圾青春 ／ 049

○ 白一的一次吞咽 ／ 066

○ 河间哭声 ／ 083

○ 碑 ／ 104

○ 我在天上 ／ 123

○ 大艺术家 ／ 155

○ 乞 ／ 177

○ 炮灰南泊湾 ／ 211

○ 时代在召唤 ／ 251

舒马赫是在车里降生的。我们都笑话他吹牛不上税。他梗着脖子瞪着牛眼说："真的真的，是真的。"

舒妈早产。那天大清早，舒爸如往常一样出车拉煤。舒妈姗姗晚起，挺着大肚子扶着腰，慢慢腾腾地洗漱，坐在梳妆镜前仔细地扎小辫。舒妈怀孕后，四肢和五官都肿了一大圈，但照样爱美。

怀孕后，舒妈的眼都肿成金鱼眼。七里铺有见地的大妈说肿眼泡的女子生丑娃娃。那时候刚刚流行胎教，舒妈誓与命运抗争，命舒爸买几盘世界名曲的磁带。舒爸问啥是胎教。舒爸车开得不错，大字不识几个。三言两语解释不清，舒妈有点不耐烦："就是让你的娃娃在产前就学会不屈服于命运，叫娃娃别长歪了，得像我一样好看，别跟你一样丑。"

舒爸搔搔头，志满意得地笑着说："那敢情好！"

当时舒妈正在听贝多芬的名曲《命运》，恢宏万千的交响乐让梳妆镜都想跳舞。外头天寒地冻，窗户上升腾起一片雾气，正当舒妈望着那片朦胧的雾气出神，想着腰身细下来以后也得伴着乐曲狂舞的时候，排山倒海的剧痛突然来袭。

几分钟后，驾驶座上的舒爸收到一条寻呼机信息：

要生了，速回！

他一个急刹车，煤渣撒了一大片。

接着，只见一辆巨大的运煤车在七里铺菜市场横冲直撞，所过之处，无不留下一条宽阔的黑色痕迹。人群躲闪、鸡飞狗跳、菜筐倾倒。殊不知一连串恶毒的骂声压根无法钻进驾驶室——舒妈尖锐的叫声让舒爸的脑袋都快爆炸了。

舒妈一边尖叫，一边揪舒爸的耳朵、掐他的脖子、蹬他的胯骨，舒爸叫得比舒妈还惨。

舒妈满头大汗地说："我大概撑不到医院了。"

舒爸想：我估计也撑不到了。

不久，舒妈发出一声振聋发聩的惨叫，半条马路上的汽车都跟着鸣笛。一团"红肉"和着血掉进舒妈的裤裆里，舒妈惊喜地说："快看，肚子这么快就瘪了。"

舒马赫在娘胎里听了那么久《命运》，最终也没抗争过命运。舒爸双手颤抖地抱起那团连着脐带的"红肉"，眼泪哗哗的："我儿子！妈的，长得真像我！"

当然，舒马赫仅仅吹嘘过他降生在车里。以上情形是当时差点被运煤车撞的我妈以及三姑六婆七嘴八舌地用唾沫星子脑补、编造出来的。

舒马赫的降生有一种仪式感，半条街的机动车都在鸣笛庆祝"我王降临"。

用现在的话来形容：天空霹雳一响，舒马赫闪亮登场。

听舒马赫吹牛的小伙伴里，有一个嬉皮笑脸地问他："舒哥，如果你直接落到车底，碰到哪根漏电的电线，是不是能拥有变形金刚的超能力？时而汽车时而人，时而汽车人的？"

舒马赫笑着往地上啐了一口："滚。"

话虽如此，舒马赫和汽车之间有一种天生的亲近，却是不争的事实。

舒马赫六个月时，坐在舒爸的肩上第一次拉开运煤车的车门；八个月时第一次触摸方向盘；三岁时学会开车锁；六岁时第一次踩动油门；九岁时正式驾驶着庞然的运煤车，顺着宽阔的七里铺菜市场绕场一周。

我清楚记得他施展本领时是傍晚六点。我们刚放学，红日还悬在天边。远远地，我们看见一辆深蓝色的运煤车冲过来。因为太阳在车后头，舒马赫的个头还不够理想，显得驾驶座上压根没司机。我们吓得吱哇乱叫，有个孩子一屁股坐在地上等死。谁知，笨重的运煤车却从我们身边轻巧驶过。待运煤车渐行渐远，只有车屁股向我们不屑地喷吐黑烟时，不知谁先反应过来："那是舒歧家的车！开车的是舒歧！"

高中之前，舒马赫还不叫舒马赫，他有一个跟当代知名女影星发音完全相同的名字。

运煤车一往无前地行驶，拐个弯后就如同蒸发般消失不见了。我们欢呼大叫："舒歧真是牛毙了！酷毙了！舒歧能像大人一样开车！舒歧神功，好！好！好！"

当时我们七里铺菜市场最漂亮的那个女孩，激动得热泪盈眶，捂着胸口念叨："舒歧同学！哦，舒歧同学……"

那时我们都是琼瑶剧的忠实拥趸。

当天的晚饭桌上，本地百分之八十的男生和两个像男生的女生都向爸妈请求学车，我也不例外。当时，我爸喝了几口小酒，脸蛋红扑扑的，既像红苹果又像猴屁股。他把酒盅往桌上一摔："你他妈先学会自行车，不让老子大清早送你上学再提汽车的事。"

不知为啥，我爸喝酒后老喜欢对我骂"你他妈"，听快了就是"你妈"。我妈难道不是他媳妇？我妈脸上红一阵白一阵，两人就哼哼唧唧吵起来。

最近，七里铺菜市场各家老少夫妻好像总是借故吵架。因为离这儿不到一公里的地方建了一座更大的菜市场，把我们的生意都挤没了。

相信那天在场的大部分男生都没有避免和我一样的悲惨遭遇。第二天，我们都对舒马赫冷冰冰的，踢球不带他玩，替补都不叫他做。他一个人闷得无聊，沿着操场踢石子。沿路的女同学只要一看见他就捂着胸口，做琼瑶剧女主角的做作呻吟状："舒歧同学！哦，舒歧同学……"

舒马赫昨天在车上，不明所以，一脸漠然。

这时，我们背后传来一声啜泣，只见七里铺菜市场最漂亮的那女孩转身跑开。不知怎么的，当时班里的女生都不好看，长脸的长脸、多肉的多肉、龅牙的龅牙、眼斜的眼斜。只有那女孩最水灵，颇有几分"金锁"的神韵，所以女生们都排挤她。女人的嫉妒心，那么小就那么强烈，真是可怕！

其实，那时候我们男生的模样也不怎么招人待见，小孩子没长开嘛。男生里属舒马赫最丑！绝不是嫉妒他，他长得真像他爸，牛眼、烂牙、蒜头鼻以及下鼻毛外露，反正挺邋遢就对了。

我猜舒马赫是故意选择在那个时间展露车技的，目的就是炫耀。整整三天，我们把他逐出男生群体外。三天后他从家里偷来一堆零食，嬉皮笑脸地"进贡"，我们才重新将他吸纳为群体一员。

而那个漂亮女孩，直到小学毕业，都没融入女生群体。

毕业时，舒马赫收到的同学录，不管男女，开头无一例外都是呻吟：

舒歧同学！哦，舒歧同学……

那几年，七里铺菜市场惨淡经营。我家忽而卖菜，忽而卖肉，忽而卖炒货，无论卖什么，生意总是一片惨淡。我爸妈吵得也就一次比一次凶。

舒爸、舒妈脑筋活络。那几年，舒爸起早贪黑地跑运输，舒妈没日没夜地贩菜、卖菜，两口子攒了不少钱。恰逢煤业和菜市场不景气，两口子一合计，收了菜摊、卖了运煤车，开了一个规模相当可以的火锅店。

那时候，火锅还没有像沙县小吃一样霸占大江南北、街头巷尾，可以说，两口子的意识非常大胆超前。

火锅店开张那天，舒马赫的十三岁生日刚过完一个月。舒家的火锅店就开在七里铺菜市场门口，生意非常兴隆。一到晚上，店里灯火通明，推杯换盏的声音回响不绝，夜空中飘荡着麻辣鲜香的火锅底料味。邻居们不眼红是假的，有好几个邻居收拾家底，也大着胆子开起火锅店，结果生意敌不过舒家，没多久便濒临倒闭。

因为家境渐渐殷实，舒爸、舒妈学着捯饬自己。他们雇了帮工，两人更有闲时和闲钱。舒爸是我们那儿最早用上能玩"贪吃蛇"的彩屏手机的人，富起来的舒爸，那张焦黄的脸和凹陷的肚子也变得红润和浑圆。舒妈更夸张，十个指头有八个指头戴着样式不同的戒指，她整天描眉画眼擦粉，脸盘亮得能照人。

富到流油，舒家爸妈也没变成甩手掌柜，夫妻两人联手把关底料，

亲自去一公里外的大菜市场采购。对此，七里铺菜市场的街坊们颇有
微词：先富的好歹带动一下后富的，原料直接就近买就好。街坊们知
根知底、童叟无欺，何必去那个把七里铺挤垮的菜市场？还非大晚上
去，做什么见不得光的交易似的。

　　那些脑袋一热也开火锅店，然后被舒家挤得无处立足的街坊们，
总会假模假样地问舒妈："你家的火锅咋这么香？你家的生意咋这么
好？你家的火锅有什么秘诀吗，快透露一下！"

　　舒妈笑而不语，被问急了就说："我家的火锅实诚。"

　　那时候日剧还没泛滥，不然，我猜舒妈的回答一定是——火锅的
底料是小工和老板用爱调配的。

　　舒家的火锅生意在舒马赫初二时到达巅峰。邻居们猜舒家的银行
储蓄一定已达到七位数。彼时，我和舒马赫仍在同一所初中，和我们
同学的还有那个漂亮姑娘，就叫她小青吧。我们这群小伙伴掰着指头
算七位数是多少钱，算出一个把我们吓尿的金额。储蓄如此之巨，在
整所学校不说数一数二，也得是前五的水平。然而舒马赫一点没表现
出富家小少爷该有的样子，他依然整天蔫了吧唧，和我们一样穿着臃
肿的校服，不是被数学老师提溜就是被语文老师骂。

　　那时他在我隔壁班，小青和他一个班。小学时，小青暗恋舒马赫
的梗一直传到初中，传着传着好像真有事一样。小青还那么漂亮，比

刘亦菲还漂亮；舒马赫还那么丑，比牛魔王还丑。两人并排站一块，怎么看怎么不顺溜。可能那时作业太多，日子太漫长了，大家总喜欢臊清清白白的两人。比如，每当舒马赫和小青的距离小于半米，起哄声就此起彼伏："舒歧同学！哦，舒歧同学……"

起哄的多是男生，偶有女生。变声期的男生，呻吟起来，场面可想而知。

其实我现在回想起来，那时候的舒马赫多少是喜欢小青的，因为她漂亮嘛！七里铺的男生没几个不喜欢她。起哄的男生里肯定也有喜欢小青的，他们没勇气表达，只能靠臊人抒发。我们小时候那会儿，如果一个男生一个劲儿找某女生的碴儿，多是看上这个女生了。

舒马赫却不显山不露水，每天我们放学回家时，他就带领着浩浩荡荡的七里铺大军去小卖部扫荡零食。他用零花钱维持着在我们心中的地位，他付账的时候特别帅，牛眼、烂牙和蒜头鼻一点也不扎眼。贪吃鬼上身的都是男生，两三个女生则躲在最后面。每每这时，舒马赫会穿越重重人海，把买给女生的零食都郑重地交到小青手中。

拿人手短、吃人嘴软，这个时候，没有一个人起哄。

舒马赫九岁以后再也没有开过车，至少，没在我们眼前展露过车技。

据说，九岁那次他是偷偷练手，玩过火了，导致无数大妈上门告状。

那天舒马赫停下车，难以置信地盯着自己的双手，仿佛胳膊末端生长的两只黑爪子是神来之手。事后他跟我们说："至少我证明自己有这能力。我感觉上天就是让我吃这碗饭的。"

回忆过往，一个伙伴对他说："舒歧，你长大了做赛车手吧。"

舒马赫闭着眼睛，徜徉在想象的海洋中："我正有此意。"

没过多久，舒马赫果然成了赛车手。别误会，十四岁的孩子开赛车上赛场只存在于国外的报道中，舒马赫毕竟还没拿驾照。

那会儿学校附近开了一家游戏厅，名曰"南大门游戏厅"。那招牌不知谁写的，书法水平相当可以，怎么看都像"南天门游戏厅"，不知道的还以为这游戏厅是登上九天极乐世界的渠道。

舒马赫是里头的常客，最拿手的是里面的赛车游戏。他头一次玩便与一个高中的老手对战，几乎把那小子甩了半程，从此声名鹊起。游戏里的赛车既有方向盘，又有油门和刹车，屏幕中的场景更是任意变换、天马行空。舒马赫对车的幻想得到满足，从此一发不可收拾。舒马赫玩游戏上瘾之后，我们再也没有免费的零食吃了。不过这并不妨碍我们对他继续追随。

舒马赫凭借剽悍的战绩，成为"南天门首席赛车手"。每天上门挑战的人络绎不绝，游戏厅因他生意火爆。舒马赫疲于应付，功课倒成了副业。若有不服气的小子上前挑战，我们便笑看那自不量力的愣头青输得屁滚尿流。舒马赫若玩人机对战，游戏机吐的小卡片能绕身子好几圈。他根本不稀罕，所以卡片都归了我们。小卡片能兑换礼品，我一度拥有七个不同颜色的刷牙杯，每天早晨换一个，每天都是好心情。

赛车风潮刮遍学校，终于引起校领导的重视。教导主任每天会带领数名人高马大的男教师，如捉奸般浩浩荡荡地缉拿本校学生。我们草木皆兵，本来都是瞧热闹的，这下更不敢进游戏厅。舒马赫不知被扭了多少次耳朵，请了多少次家长，依旧我行我素。舒马赫态度很好，每次得到扫荡的消息，不逃跑；即便被抓到现场，也不辩解，边开赛车边束手就擒。

舒马赫最后一次去"南天门"成了传说。据在场的人讲，当时一只白白的小手放在舒马赫的肩膀，温柔地对他说："别玩了，回家吧。"

舒马赫对着游戏机直乐，暗想，教导主任怎么不走粗暴路线了？一回头，傻了，是小青。

从此舒马赫决然断了毒瘾般的赛车瘾，很多人后悔没在游戏厅跟舒马赫拍照留念。没了高手号召，同时又因互联网游戏崛起，游戏厅的生意很快便萎靡了。我们初中还没毕业，那家游戏厅就变成饭店，名字就是"南天门美食"。在这吃饭的，多是蓬头垢面、刚从网吧玩了通宵的社会小青年。

"南天门首席赛车手"之所以成为一个传说，坊间流传的说法甚广。

有人说，舒马赫被小青打动，从此改邪归正。

在我看来，舒马赫邪又没邪到哪儿去，正也正不了多久。

不久，我发现了舒马赫改邪归正的秘密——他开上车了。这回是正儿八经的车，他家的白色小轿车。

初三那会儿，我的生日刚好赶上快毕业。我想借故热闹一下，出出风头。我从爸妈那预支了一年的零花钱，组织了人生中第一场生日宴会，地点就是舒家的火锅店。

半个班的人都叫我请来了。十五六岁的男生，都在女生面前装成熟。喝酒猜拳对瓶吹，好几个头回喝酒的，一会儿就高了，烂泥一样瘫在地上，涕泗横流。女生们喝得也不少，我记得小青没喝酒，脸却红扑扑的，怎么那么好看。

包间里蒸汽袅袅，我嘿嘿傻乐着吃涮肉。火锅的味道真没话说，吃了第一口还想吃第二口；吃了第二口想把锅抱走。我的脑壳嗡嗡响，双腿软得像棉花，一定是喝多了。

舒马赫酒量惊人，人劝必喝，几乎跟半个班交了手，双眼还晶晶亮，步子还咚咚响。我身旁一傻高个儿顺着座位出溜下去了，我被连累，也让他抓着出溜到桌子底下。当我挣扎着钻出来，隔着袅袅蒸汽一看，哪儿还有舒马赫的影子？

"舒歧呢？"我问红脸的小青。她一指包间门。

酒劲儿上头，我晃荡着身子，跨过在地上撕扯的两个醉鬼，一扭一扭地追出去。

苍茫的夜色中，舒马赫钻进一辆白色小轿车。我嘿嘿一笑，跟跄几步，飞快跳上副驾驶。

"你干吗？"舒马赫尖叫。

我答非所问："嘿嘿，小舒……你又开车了。"

"滚下去。"他冷静地推我。

我哼哼起来："别动我，再动我就吐出来，全吐你车里。"

车是新车，里面残留着塑料薄膜的味道。舒马赫拿无赖没辙，像是快哭了："你到底要干吗？我还有正事要办！"

我伸展四肢，肚子直咕噜，索性放了一记响屁："开车兜兜风呗，听说能醒酒。"

不知舒马赫真的有急事，还是开车通气，竟然真的开动小轿车。当我反应过来时，还以为自己在飞。外面的路灯完全连成一片，我脖子扭动的速度不如建筑物消失的速度。我哈哈大笑，随即想起聚餐画面，我感到害怕："小舒，你喝了那么多酒，别开得这么快。"

舒马赫专注地盯着前方，一下超了三辆车："没事，我的座位下面有个暗道，直接连通下水道。我趁别人不注意，把酒都倒进去了。"

我一愣："好啊，难怪生意这么好，真是够会收买人心的。"

舒马赫不置可否。

酒被吹醒大半，我问他："你去干吗？"

他说："去进货。"

我问："地点是不是那个快把七里铺挤垮的菜市场？"

他点点头。

我说："别人都说你家不照顾邻居、朋友，没良心呢。"

舒马赫说："各挣各的钱，我们家又没拦着他们发财。凭什么必须买他们的菜？他们照顾我们家的生意了吗？"

我想，这倒也是。

气氛有点尴尬，我继续问："你咋又开上车了，你爸呢？"

"学会搓麻了，特别上瘾。进货本来是他的活，他交给我，说晚上没有交警查。"

"你妈呢？"

"不知去哪儿了。"不知为何，舒马赫的脖子非常不自然地扭了一下。

一眨眼就到了目的地。整个菜市场黑灯瞎火，只有一家卖调料、佐料的小店亮着灯。

"一会儿不论你看到什么，都不要多问，也不要多说话。"舒马赫嘱咐我。

我做了一个用拉锁封住嘴巴的手势。

我瞪大眼睛，心怦怦直跳。

很快，一个男人从店里出来，把一包东西塞进车后备厢。舒马赫塞给他钱，全程两人无交流。

还能是啥？大概是火锅底料吧，至于搞得如此神秘吗？

舒马赫上了车，表情明显轻松许多。

"你可以说话了。"他笑着对我说。

我们初中毕业了。小青成绩很好，考上了我们这儿最好的学校。我和舒马赫稍差，但也顺利考上高中。幸运的是，两所学校只隔着一条街，想见面非常容易。

我们三个疯了一个夏天。

舒马赫更加肆无忌惮地开车，大街小巷都逛遍了。

我们开着车去河边蹚水、捉鱼；我们悄悄钻进果园，偷了半后备厢的樱桃。舒马赫开车带我们去了城市的边缘。远处群山叠嶂，被阳光笼罩，朦朦胧胧，云彩一般不真实。

山上温度正合适，我们躺在树荫下，睡意昏沉中，舒马赫凑过来："你以后别跟我俩出来玩了，可以不？"

睡意一下子溜得干干净净，我不解地望着他。

舒马赫温柔地看着酣睡的小青："我俩可能要处对象了。"

知了的鸣叫声忽然放大无数倍，汗水一下子从毛孔蒸腾而出。

我低下头："她喜欢你不？"

"什么？"

"没什么，挺好的，祝福你俩。"

其实，我想说你怎么知道她不喜欢我？

显而易见，这结果从舒马赫九岁擅自开动运煤车，在七里铺菜市场横冲直撞的那一刻就逐步确定了，不是吗？

我半是抱怨半是玩笑地说："见色忘友。"

舒马赫的嘴巴咧到耳根。

其实我早就应该有所觉察。这个夏天，舒马赫将车开得更加肆无忌惮。在他越来越熟练的超车、变道、风驰电掣中，我只顾哈哈大笑。只有驾驶后座的小青拍拍舒马赫的肩，说"舒歧，开慢点"的时候，白色小轿车才会缓缓变成正常速度。

我不知那天以后，舒马赫和小青享受了多少个清净的两人世界。每当我光着膀子，汗流浃背地帮爸妈搬菜的时候，只要一想到他两人头肩相偎的画面，就嫉妒得浑身发烫。说实在的，舒马赫没有得意多久，很快就出事儿了。

他把人家的车给撞了。

据说舒爸迷上麻将之后，舒妈每天晚上都打扮得和仙女一样，款款地走出家门。舒马赫盯梢了好久，发现他妈每次都钻进同一辆黑车里。黑车如同鬼魅，一溜烟开走了。舒马赫驾驶着小白车，如同猎食的豹，悄无声息地跟在车屁股后面。然而每次黑车都在他眼皮下溜走。

这说明对方的车技在舒马赫之上，这叫他懊恼不已。

这天，舒马赫取完火锅底料，无意中发现停在路边的那辆小黑车。远处车灯一打，舒马赫立刻看见自己的妈和那个男人在车里干什么。舒马赫怒火中烧、气血沸腾，他将油门踩到底，迎面便朝着黑车车屁股撞去。

男人被坏了好事，下车刚要骂，却发现个子比自己高半个头的男孩捡起路边一块板砖，杀牲口一样冲过来。

男人被板砖拍得头破血流、肿如猪头，舒妈拦不住，拉扯中也挨了一拳，脸青了。围观的路人报了警。舒妈见到警察，慌得不行。她知道舒马赫刚取了火锅底料，叫他赶紧走。

拥有多年办案经验的警察嗅到一丝不易察觉的气息，他们命两人打开后备厢。舒妈惶恐地尖叫着，衣服被撕成条子的舒马赫不明就里。警察打开白车空荡荡的后备厢，拿起里面的黑包，手指一插、一嗅说："这是罂粟壳。"

舒马赫呆了："不说这是火锅底料吗？"

舒妈低着头："这确实是火锅底料……"

派出所、交警队和工商局很快介入调查。舒马赫主动挑起事端，打架斗殴，罚；无证驾驶，罚；用罂粟壳吸引顾客，罚上加罚。

七里铺的街坊们很快搞清了是怎么一回事，在火锅底料中加罂粟壳，叫人对火锅上瘾，这不是叫人变相吸毒吗？没吃？没吃我们闻味道了吧？谁都知道气味是颗粒状的，这要是进了我们的身体，造成损伤怎么办？

那些已经关门的火锅店主也明白了，不是自己不努力，实在是对手手段高。

我爸我妈吵了这么多年，难得团结一致，谈及舒家，同仇敌忾，说这就是不带动后富的恶果。

最终，火锅店和佐料店被一锅端，舒家被罚得伤了元气。这一切都源于舒马赫那急火攻心的一撞。然而，当局面乱成一锅粥的时候，我们却始终没见到处在风口浪尖的舒马赫。

直到暑假结束，高中开学一周，我才在学校里见到若无其事的舒马赫。

我和舒马赫虽在同一年级，班级却各在走廊的东西两端，遇见的机会很少。更何况发生了这么多事，我总是竭力避免与他相见。

然而，不需我刻意寻找，很快我就在别人嘴里听见了舒马赫的大名。全年级甚至全校都知道了舒歧这号人。开学仅两周，他再一次成为学校的名人。

上高中后，有一部分男生对某种爱情动作小电影特别着迷。"舒歧"这两个字被一再提及。与"舒歧"同名的某著名女星说过一句话：我要把脱下来的衣服一件件穿上。

这本是一句励志名言，可是，当舒马赫班里的一个混混为了博人一笑，向舒马赫也喊出这句话时，却另有一番效果。

舒马赫云淡风轻地说："滚你的。"

岂料混混一个箭步冲上来："你妈跟一个南方人跑了，现在全班都知道了，你狂什么？"

舒马赫浑身发抖，猛地踹翻好几排课桌，挥舞着板凳就砸上去。

要不是舒马赫被拦着，混混指定脑袋开花。

"你今晚给我……"混混大喊。

突如其来地，一截粉笔猛地插进混混的嘴里。

"我还怕你不约我呢。"舒马赫恢复云淡风轻的状态。

放学后，舒马赫只身去了约定地点。

黢黑的胡同，学校混混叫来社会混混，挤挤挨挨十个人。他们如壁虎般趴在墙上，每个人都抄着家伙，饶有兴趣地打量着瘦削的舒马赫。

舒马赫背向夕阳，身体呈一道狭长的剪影。

学校混混说："你没带帮手？"

舒马赫点头："我有帮手。"

"好啊，你这个……"学校混混刚要骂，然后号召兄弟们叫唤着冲上去。突然剪影一闪，舒马赫消失了。

混混们面面相觑："他逃了？"

只身赴会，又跑得比兔子还快，这算怎么回事？

站在胡同前头的社会混混声音发颤："他没逃，他带帮手了……"

只听一阵巨大的轰鸣声传来，引擎盖被撞得支离破碎的白色轿车出现在巷口。

混混们脸色煞白，纷纷紧贴墙壁。

舒马赫沉默不语，将油门踩到底。轿车怒吼着，向无处可躲的学校混混冲来。

学校混混吓得叫不出声来，眼看就要被撞飞，白车猛然刹住，车头距离混混的大腿不到十厘米。

混混双腿哆嗦，眼白一翻，朝后仰过去，身子下面一片潮湿。

舒马赫下了车，拍拍凹陷的引擎盖，欢快地对混混们说："我这帮手比你们强多了吧？"

舒马赫的车技一时间被追捧得神乎其神。在他的操控下，车前进速度强悍，刹车精准，关键是车还烂得相当可以。早一秒没有戏剧效果，晚一秒准出人命。况且胡同狭窄，舒马赫一路直冲仇人而去，连其他人的衣角都没碰到。

那时他放学早，在小青的学校门口接她回家。他们身后总藏着三两个交头接耳的崇拜者，这使舒马赫颇有几分招摇过市的意味。

学校混混当然不敢再招惹舒马赫，但他也不是省油的灯。混混的某个亲戚在司法部门工作，舒马赫没风光几天，正上着课就被破门而入的警察带走。据说，舒马赫前一天就收到了消息，但他没躲闪，第二天照旧上学。警察出现的时候，他的神色也很坦然，他对警察说："等会儿，我要把书包收拾一下。"

舒马赫的罪名是蓄意伤害罪。

其实他根本没碰到那混混的半根毫毛，只因胡同中没有摄像头监控，混混的兄弟纷纷做伪证，混混的家人又不知用什么方法从医院搞到伤残证明。加上混混的亲戚翻手为云覆手为雨，舒马赫的罪名自然而然就成立了。

因为尚未成年，舒马赫在少管所待了一个月。临行前，舒马赫通过小青学校的传达室，把自己的书包给了小青。

一个月后，舒马赫出现在教室。

当时混混正跟几个男生谈笑风生，一见到舒马赫，立刻软成一摊烂泥。

舒马赫的脑袋剃成秃瓢，青色的头皮颇为扎眼；不知是高强度劳动还是受欺负所致，舒马赫变得瘦骨嶙峋。他的一双牛眼也进化成鹰眼，蒜鼻鼻孔朝着混混，没有鼻毛，只有两个可怕的黑洞。

"想让别人真正怕你，就得学车啊小子。"舒马赫阴测测地说。那口烂牙几乎插进混混的脸里。

舒马赫说罢转身离开。

混混平生第二次被吓尿，淡黄的尿液顺着凳子流了一地。

同一天，舒马赫向大家宣布他准备改名了。"舒歧"，"歧路"的"歧"，一看这辈子就老走岔路。他请大家叫他舒马赫，记住，车王舒马赫。

舒马赫每天顶着锃光瓦亮的脑袋在学校走，其实很影响形象。校长亲自找他谈话，希望他能戴一顶帽子，即使上课也别摘。

舒马赫进少管所这件事儿闹得挺大。不少家长给学校打电话、寄信件，说不希望自己的孩子跟少年犯在一个教室学习。

这件事儿之后，舒马赫再也无心学习，成绩每况愈下，每次考试排名都和年级人数持平。考大学是没可能了，再在学校耽误下去也是浪费时间。舒爸索性叫舒马赫退学，去一家技校学汽修。

舒马赫走的那天，请了小时候的几个朋友吃火锅。

小青喝酒了，脸像红红的苹果，特别好看。

小青搂着舒马赫一直哭。

舒马赫一直张牙舞爪地对我们吹牛："都是我家老头的意思，我妈走了他就变态了。我要不顺着他，我俩非打起来不可。我可不想学汽修，我要当赛车手的。就那天我吓唬混混的那一招，已经具备了一个赛车手的基本素质，你们信不信？"

我们隔着厚厚的蒸汽。

"真热啊！"舒马赫一边说，一边飞快地擦了擦眼睛。

　　七里铺菜市场拆迁后，我们这些人散落在城市的各个角落。找不到聚会的借口，见面更是遥遥无期。

　　听说舒马赫学成后，他爸用开火锅店的积蓄给他开了一家汽修店，生意应该不差。

　　我则去南方上大学。通信越来越方便，联络却越来越少。我忘了从谁那儿搞来小青的微信号，加上后却从没说过话。小青像很多年轻的女孩一样，喜欢在朋友圈晒幸福，男主角的照片从没出现过。大概舒马赫对自己的长相实在不满意，从来不拍照片吧？不过一转眼他们在一起这么多年，真叫人感慨。

　　舒马赫唯一留给我的，只有一串很老的电话号码。他料理生意那么忙，肯定没时间玩微信。

　　有次，我妈很偶然地在银行遇见了舒马赫。

　　老太太兴奋地给我打电话："取了那么多现金，这小子这些年挣大了，比他爹妈挣得还多。据说是买婚房呢，媳妇都有肚子了。"

　　"提到我了吗？"我问。

　　"说等你回来聚一聚……"

　　放寒假回家，我在火车站等出租车，一辆银色的小车平稳地滑到我面前。

　　"上来吧。"车里伸出舒马赫的脑袋。

我有点愣，他下车帮我搬行李。

"听你妈说火车这个点到站。给你个惊喜。"他随意地说着，嘿一声把笨重的行李箱塞进了后备厢。

我忽然发现哪里不对劲儿。

"小舒，你的手……"

他不自然地把右手往身后藏了藏："修车的时候，千斤顶没固定好，轿车一下子落下来，正好砸到小指上。送到医院，医生说没救了，要想保全整只手，就得把砸烂的小指截下来。"

他用缺了小指的右手为我打开车门："没事的，别在意。"

副驾坐着一个女人。舒马赫兴高采烈地对我说："我对你多重视啊，你瞧我把谁带来了？"

"你好，小……"

女人转过头，不是小青……

我吞了口唾沫："你好，小姐。"

"什么小姐？成什么了？"舒马赫嘿嘿直乐，"叫嫂子！"

女人也哈哈笑着，看得出她是那种能说能闹的性格："没事没事，漂亮才被叫小姐呢！"

舒马赫说："我这兄弟人很好，就是脑袋不灵光。"

我一直陪着打哈哈。

舒马赫习惯用左手开车，那个女人始终抱着他的右臂。舒马赫没有小指的右手，一直温柔地放在女人圆滚滚的肚皮上。

这个寒假，我有空就和舒马赫腻在一起，仿佛回到小时候。

舒马赫告诉我，其实去技校上学不久，他和小青的事就传到小青爸妈的耳朵里。谁能允许自己的女儿跟少年犯在一起？棒打鸳鸯散，两人的感情惨淡收场。

"你有小青的联系方式吗？"舒马赫问我。

"没有。"我撒了谎。

往后我们再也没有碰过"小青"这个话题。

嫂子是舒马赫汽修店的员工，比我们年纪小。两人确立关系一年，还没领证。几个月前他们去三亚度假，回来她肚子就大了。

我说："你这是先上车后补票啊。"

舒马赫坏笑："你嫂子嫌大着肚子穿婚纱不好看。迟早是要结婚的。"

比起小青，嫂子似乎确实更适合舒马赫。如果说，小青是那种叫你收着活，别闯祸的女孩。嫂子则是那种劝你使劲疯、使劲野，男人就该有男人样的女孩。都二十多岁了，舒马赫开车还是那么生性，一路超车，创造条件闯红灯。起初我哈哈大笑，很快便哇哇大叫。嫂子则张开双臂，挺着圆滚滚的肚子，大喊大叫："小舒，快点！再快点！"

寒假很快就结束了，舒马赫独自开车送我去火车站。

在车上，我对他说："保持联系。"

他使劲吸了一口烟："瞎扯，一年半载见不了一回面的人，哪还有联系的心？现代人不都这样嘛。"

我马上要下车，他似乎有话对我说，缺了小指的右手不住点着方向盘。

舒马赫的脖子不自然地扭了一下："小青……她现在好吗？"

"不知道。"我又撒了谎，"不过，前两天有个小学同学把她的微信号给我了，我没有加，你需要吗？"

"微信？"舒马赫一脸茫然。

我指着他那部只能打电话发短信的苹果手机："你要在手机上下载一个软件。"

我手把手教舒马赫下载了微信，并添加小青为好友。火车快进站了，我连忙跳下车，取出行李。

"跟嫂子好好过。"我嘱咐着。

"放心！"舒马赫头也不抬地看着小青的朋友圈，"哎呀，小青也当妈妈了！"舒马赫抬起头，脸上是发自内心的惊喜。

我微微一笑。

我拖着行李匆忙向火车站跑去，舒马赫在我身后喊："你该学车了。"

"有你呢！"我头也不回。

"也是。"舒马赫嘟囔着,"我一直是你们的司机啊。"

四月末,我收到舒马赫的微信消息。

一张照片。襁褓里皱巴巴的小男孩,圆脑袋、蒜鼻、牛眼,跟舒马赫一个德行。

我回:

> 恭喜恭喜!放假回家给小外甥包红包。

他回给我一个高冷的微笑表情。

六月初,我尚在睡梦中,破天荒收到小青的微信:

> 舒马赫没了。如果可以,安排一下,回家参加追悼会吧。

心脏像被狠狠踢了一下,我立刻坐起,眼前一片昏花。

舒马赫是在车上没的。

那天下着老大的雾,小青刚起床,腹部突然传来一阵剧痛。

此时距预产期还有一周。

小青的先生无法及时赶回，情急之下，小青拨通了舒马赫的电话。

舒马赫与小青各自住在城市两头，因为下雾，全城大塞车，可是那辆银色小车二十分钟后就停在小青家楼下。

在车上，小青使劲攥着舒马赫的右手，舒马赫的脸一片惨白。

小青说："我可能撑不到医院了。"

舒马赫一脸汗珠子："你一定要撑到，我相信你一定能撑到。"

剧痛再次袭来，小青再也挺不住，突然发出一声惊天动地的尖叫。

舒马赫慌了。雾气中冲出一辆巨大的卡车，舒马赫猛打方向盘。

砰的一声，天旋地转。

回家后，我看望了舒马赫的爸妈。舒妈从南方赶来了，二老一脸凄惶。嫂子躲在舒马赫的房间一直哭，小侄子也哭个不停。

我去医院看了小青。她右腿骨折，打着石膏，躺在床上奶孩子。

她一见我，眼圈就红了："我怎么这么傻，我怎么这么傻……"

我说："这不怪你。"

小青说："他们家让我给毁了。"

我说："他的爸妈，咱们一起孝敬；他的孩子，咱们一起养大。"

我扶着小青坐起来，小青擦擦鼻子："上小学的时候，我学习好，他学习不好。有一回我忘带作业了，全班就我一个人没带。老师说谁没带作业就去操场上跑十圈。我害怕啊，怕得浑身发抖。正要站起来，他在桌子底下把作业塞给我，一溜烟就跑了出去，那个快啊，比汽车还快呢……"

小青哭得稀里哗啦。

正在这时，小青的先生从食堂买饭回来。他将娃娃从小青怀中抱起，给她换尿片。

他低声说："发生这样的事，我很遗憾。"

我问："你不打算做些什么？"

"听说这个名字很奇怪的男人在学生时代喜欢了小青好多年，最终结局却是这样……"

我叹气："小青真嫁了个好男人啊！"

"什么？"他瞪着眼睛看我。

"没什么。"我摆摆手。

仿佛怕小青听到，他压低声音："你是小青的同学，能不能劝劝她给孩子改个名字。现在的名字，我真不喜欢。"

"娃娃叫什么？"

"林歧。你看看，'歧路'的'歧'，这不意味着孩子以后一辈子走岔路，永远不顺利？"

小青的女儿赤条条地躺在襁褓中，面目白净，五官秀美，像极了小青。小家伙突然抬起头，冲我嘿嘿直笑。她小手抓啊抓，抓住我的手指。我忽然发现，她的右手小指有一块黄豆粒大小的灰色胎记。

"她以后会顺利的。"我对小青的先生说。

我温柔地抚摸着那块小胎记。

她会遵从自己的心意，活得比任何人都自由。

江南吵架
天后

这儿就是宁波了。

李铁拉着一个破旧的皮箱,皮箱里头装着一摞书和几件过冬的衣裳。箱轮的咕噜声比脚步声、鸣笛声和黑车司机的揽客声还吵。走出宁波火车站,李铁回头看了一眼那座高大的银色建筑,又扭过头望着深蓝色的夜空,深深吸口气。这儿就是他将要攀上人生巅峰的城市了。

来的路上还算顺利,从生活了二十二年的北方小城到宁波,六小时的车程。如果不是濒临误车,不得不加塞取票,还差点被一个剽悍的女人揍了一顿;如果不是坐在对面的小娃娃因为晕车,吐了他一身奶,这段旅程简直是完美的起点。车位没满,李铁唯恐再被小娃娃误伤,换了个空座。座位对面,一位红头发的女人正在剥橘子,空中飘着淡淡的橘子香。女人一抬头,自己先乐了,李铁也乐了。

李铁嗅着橘子香:"这下你相信我不小心碰你那一下真是为了取票,而不是占便宜了吧?"

女人往嘴里放了一瓣橘子:"咱俩一班车,我都不急,你急什么?"

李铁低下头:"这是今天最后一班车,我明早有面试。耽误不得,不敢耽误。"

"宁波啊,"女人抬起头,望着堆放得满满当当的行李架,"不打不相识,吃个橘子吧。"

坦白说,那女人改变了李铁对宁波的第一印象。她不像江南小女子,李铁的印象里,江南人说话都是吴侬软语。那女人粗声粗气,就像东北或山东哪个地方的。车一到站，红发女人就消失了，李铁还没来得及向她问路。

此时，站在宁波火车站北广场上，李铁的胸口又热血澎湃起来了。就是这座城市，就是这儿，李铁要从一个小小的保险公司业务员干起，干大干强，干成人上人，娶漂亮老婆生可爱儿子，待到腰缠万贯再衣锦还乡。大学毕业一年有余，班里的富二代、官二代拼钱的拼钱、拼爹的拼爹，在国内外混得风生水起。毕业一周年聚会，李铁喝得七荤八素，回家后对着仍在裁缝铺里忙活的妈说："好男儿志在四方，同学给我介绍了一份工作。妈，过两天我就走了，你要是拦我我跟你急。"

说罢哇一声吐在一条尼龙裤子和一件崭新的印花衬衫上。

回想起那天那个场景，他的肚子好像又不舒服起来，跟着箱轮一起响。糟糕，大概是那个女人的橘子不新鲜，李铁惊慌地捂住肚子。

火车站附近正在整修，沿路皆是挖掘机、铲土机、轰轰隆隆、沸反盈天。远远近近全是黑漆漆的小楼，李铁预订的快捷宾馆通体玉米黄，隐藏在影影绰绰的楼宇之中。那些看上去四通八达的小路，走了没一会儿发现都是死胡同。李铁急得头顶冒汗，肚子咕噜得快要爆炸。

他越走越偏，路越来越黑，两边路灯坏得七七八八。李铁忽然听见吵架声，两个女人的吵架声，中气十足、粗中带细，是两个大妈。

一个喊："这片是我的。"

034

另一个喊："凭什么说是你的？"

一个喊："旁边开店的、卖水果、等车的、过路的都知道是我的。"

另一个喊："还不是因为你的姑娘打扮得都像她！那些开店的、卖水果、等车的、过路的把所有姑娘都认成她！这片江山是我和她打下的，哪儿轮得着你们？"

李铁一惊，气势好恢宏的吵架。

两个大妈突然不吵了，倒不是分出胜负，而是听见了箱轮的咕噜声。先喊的那个硬挺挺地走了，颇具风范的那个搓着手向李铁跑来："帅哥，住店吗？"

李铁挺了挺脖子："我已经有预订了。"向前走了两步，他又折回来，"某某快捷酒店怎么走，知道不？"

大妈指着面前一条漆黑黑的小路，仿佛随时会有劫道的、小偷、孤魂野鬼冒出来的那种小路："向前走一百米，往右转就是。"

李铁道了谢，正要动身，大妈偷偷摸摸凑上来："帅哥，我看你一表人才，今晚自己住寂寞不？要美女不？保证全宁波最漂亮。"

李铁忽然明白大妈嘴里的"她"是谁了。

正因为一表人才，才不能搞这乌七八糟，大好前程在前头等着李铁呢。李铁紧了紧衣领，高傲地面向着深蓝的夜空，轻蔑说了声："恶心。"

大妈不再多言，退至婆娑树影下。

李铁满身正义感，足以照亮黑夜以及前方的路。

箱轮咕噜了两声就不咕噜了，李铁脚步跟跄地倒退，那巷子里果然藏着牛鬼蛇神——几个健壮的平头男人慢慢向他逼近。

为首的把烟蒂扔在地上，狠狠戳着李铁的胸脯："你他妈说谁恶心呢？"

"大……大哥我没说你们……"李铁语无伦次，被皮箱狠狠绊了一下，"我是说那些女的。"

"我们指着她们活呢！"李铁的领子被揪起来，"说她们恶心就等于骂到我们头上。小子，你看看自己这模样，你倒是想花钱，不如让美女施舍给你一点。你这种人，不吃点教训，不知天高地厚。"

近处空无一人，远处有个骑山地车经过的人，他生怕惹祸上身，迅速绕开。皮箱落在垃圾桶旁边，李铁无助地向周围看了一眼，先前那大妈的目光在暗处闪闪烁烁。

李铁的手被汗湿透："我不想惹事……"他低下头，同时听见肚子害怕似的发出一声咕噜。

"行了，吓唬吓唬就行了。"老太太终于在树影下走出来。

李铁一阵侥幸，然而大妈的话犹如口号，为首那男人朝着他的脸便是一拳。

天旋地转。

一个扫堂腿，李铁仰面摔倒在地，与此同时，他的肚子发疯似的怒吼起来。

不知挨了几拳几脚，疼痛快把李铁带上天堂，他的肚子终于安静下来。

大妈吸吸鼻子，好歹把男人们拦住："别打了，你们把这小子的屎都揍出来了。"

把房间的窗户全打开，十一月的风把李铁吹得噤若寒蝉，那股浓烈的味道依然无法消散。

身上光溜溜的，澡已经洗了三遍，仿佛身子再也不会变干净。

李铁永远不会忘记酒店前台小姐捏着鼻子、望着自己的眼神。

门口传来窸窣响动，几张花花绿绿的卡片从门缝塞进来，李铁大喝："滚！"

没过一会儿，隔壁传来男女哼唧的叫声。李铁暴起，大拳砸到墙壁上："操！"

那边毫不示弱地砸墙对骂，砸得像要破墙而入。

李铁怔怔地望着墙壁，用枕头蒙住脑袋。

窗外，宁波的夜空深蓝而寂静。

半个月后，李铁西装挺括、皮鞋锃亮、人模人样地游走在商场、公园、居民区和大小单位，遇人便龇着八颗牙齿递上一份簇新的宣传单："您好，您知道某某保险吗？"

李铁光荣成为某某保险推销员。

半个月前的夜晚，那个吵架气吞山河的大妈，那几个凶恶的男人，早就像雾气一般烟消云散。

月底出业绩排名，毫无疑问，新人垫底。

经理把李铁叫到办公室："小伙子，这可不行啊！一个月出不了五单，要被辞退的。"

李铁期期艾艾："老大，再给一次机会……"

经理说："干我们这行，得有锲而不舍的精神。"

李铁想，我够锲而不舍啊，我恨不能每天都给潜在客户打电话，直到人家一听见我的声音就痛骂"傻×"然后挂断，我还不够锲而不舍？

经理说："除了锲而不舍，还得学会说话。"

李铁皱眉，一脸茫然。

经理挥挥手："这你得自己体会。"

第二个月，李铁靠给孤寡老人打扫卫生挣了四单。除了惯常的业务介绍，他依然不知该怎么说话。月底，经理把李铁叫到办公室："收拾收拾走吧。"

李铁脸色惨白："老大……"

"公司不养闲人。"经理毫不留情地指着大门。

李铁在家里赋闲了半个月，眼看经济来源将断。他每天睁着熬得通红的眼睛，病急乱投医似的四处发简历，无一不石沉大海。两个半月以前，李铁还豪情万丈地将呕吐物吐在妈妈的裁缝铺里。两个半月以后，他已濒临求妈打钱的地步。

千钧一发之际，李铁收到了救命的回复信。

那是宁波火车站附近的一家发廊，工资尚可，一月一休。

李铁胸口的豪情又开始翻滚了，第二天，他一蹦一跳来到信上说的那家发廊。一个矮小男人接待了他，那人身着劣质灰色西装，操着不知何处口音的普通话。一见到那家发廊，李铁的心就凉了半截。公共厕所都比那儿大。公共厕所好歹能盛下几个蹲位，那个店只有一面镜子和一把转椅。店里镜子斑驳、转椅落灰，没有理发师，等了老半天也不见顾客光临。

矮小男人笑嘻嘻说："我们这儿到了晚上生意才兴隆。"

不给李铁喘息的机会，他又说："工资已经在信上写明白了，你要是同意，咱们就签合同。我们是信誉单位，你尽管放心。"

李铁喘着粗气，卷帘门被掀开，一个蓬头垢面的大妈钻出来。

李铁以为是这儿的老板，刚想打招呼。大妈径直走到门外，满满当当的痰盂一倒——哗。

矮小男人打着哈哈："帮工，乡下人，没见过世面。"说着，他把手伸到李铁面前，"没啥异议先把身份证给我，我去复印一下。这儿的活特简单,傻子都能学会。你现在缺钱是吧?"他顽皮地眨了眨眼睛。

等到天都黑了,矮小男人也没回来。李铁傻乎乎地坐在一张暗紫色的沙发上,整整一天,不仅没有客人,连理发师也没露面。外头尘土飞扬的,偶有奇怪的大妈进出,全冷着面孔,不搭理李铁。天黑以后,李铁出去吃了一碗拉面。嘴里的葱花味还没散尽,回来的时候,他发现这一排小店都亮起灯。所有的灯里,属走廊的灯光最奇怪,朦朦胧胧、影影绰绰,非常暧昧的桃红色,如同隔着轻纱。这家理发店的招牌也亮了起来,金色大字闪烁不停,"金屋藏娇",比店本身还显眼。

李铁打了个饱嗝,他忽然明白这是什么店了。

推开门,里面乱哄哄地坐了五六个人,男人个个健壮高大。

"这是咱们的新员工。"瘦小男人笑意阑珊,男人们面无表情。

李铁诧异地睁大眼睛,他们或许已经忘记他了,但他们即便烧成灰,他也认得。

"给你找了个师傅,从今晚起,跟着师傅好好学。"瘦小男人像施与恩惠,威严地拍拍李铁的肩,只字不提身份证的事。

"师傅"的脸从男人们的肩膀间露出来。

"是你。"李铁情不自禁地哼哼。

正是那个吵架气吞山河的大妈。

天凉得像冬天刚从深井里打上来的冰水,江南根本不像想象中那般四季气候宜人。

其实姑娘们在店里也能开工，但讲究品质的顾客一般都把女孩儿带到附近的酒店。拉客由大妈全权负责，李铁的工作重点是放哨。天冷后，工作越来越难进展，大街上视野宽敞，可是冷风呼啸。酒店里倒是暖和，却无法洞察楼下的动静。

李铁和大妈坐在台阶上，那是通向房间的必经之路。既能观察来者，又能及时向姑娘汇报。

大妈不但会用吵架气吞山河地击退竞争对手，还能用吵架对付工作上的麻烦。

譬如酒店的工作人员都对他们知根知底，时常假借打扫卫生之名赶他们离开。大妈不急不缓地开吵："嚷什么？你们酒店的生意这么好，就不能照顾我们一下？先富的不能带动下后富？觉悟要提高啊！"说罢，她将一张红票塞进对方手里，对方心知肚明，露齿一笑，从此不再打扰。

按照大妈的论调，吵架分"压着吵"和"抬着吵"。

同行嫌她把生意都抢走，她把路人和江山都搬来，分分钟压死对方。

为安抚酒店工作人员，她抚摸人家一下，再赏人家一甜枣。看似吵架，其实把对方抬得高高，让人家里里外外都舒坦。

吵架得四两拨千斤，不能使蛮力，更不可软绵无力。不是请客吃饭，更不能如同儿戏。瞅准时机，把握机会，吵！

最高级的吵架则是"既压又抬"，成功的关键是头脑灵活、随机应变，这种神级吵架可遇不可求，李铁还没机会见识到。

一个满头金发，类似金毛狮王的女人带着一伙男人气势汹汹地爬上楼梯。彼时，李铁正在打盹。太晚了，凌晨三点。那顾客真能折腾，午夜之前就把姑娘带进房间。

大妈猛地把李铁捣醒。李铁擦着口水，只来得及听见最后一个男人上台阶的尾音。

大妈撇撇嘴角："来者不善。"

李铁惊醒："条子？"

他随即后悔，说出这么不专业的话，岂不叫师傅笑话？条子对火车站一带比对自己的掌纹还熟悉，进了酒店，目不斜视，四五黑影，直奔目标。哪像这伙人，东瞧西看，显然正在寻找门牌号。

大妈耳语："走。"两人麻利地拍马跟上。

房间门终于被敲开，"金毛狮王"的怒吼和凄厉的哭声立刻传遍走廊，一半房间的顾客都出来看热闹。先前的男顾客挺着滚滚的肚皮，正被数个男人控制着，如耶稣基督一般大开大合地站着。貌似"金毛狮王"娘家大哥的男人对他左右开弓，耳光啪啪抽得特别响。

"金毛狮王"果然不是善茬，八成学体育出身，一记凌空飞踢正中姑娘的肚脐，姑娘杀猪一般哀号着。"金毛狮王"却仿佛挨打一般哭叫："这日子没法过了……我当牛做马地给你洗衣做饭，你在外头找小三……"

哭声就像口号。

"金毛狮王"一边哭，一边踹得更欢。

那是李铁第一次看见姑娘的样子。以前他来现场的时候，姑娘已经开工了。赶在姑娘下班之前，他已打着哈欠昏昏然离开。她真瘦，匆忙中只来得及套一件桃红的睡裙，细胳膊细腿被踹得上下翻飞。房间内的灯光透过她胳膊、腿的间隙不完整地投在李铁的脸上。

大妈踢了李铁一脚："愣着干吗？再揍就出人命了。"

李铁跌跌撞撞地被推进房间，手不知怎么就扯住了姑娘的头发，随后一耳光打在了姑娘脸上。那一耳光来得突然而自然，姑娘被打愣了，男顾客、男人们、"金毛狮王"都不再叫唤，连那大妈都捂住了嘴巴。血涌上脑袋，李铁的脑袋一片空白。

一道血痕顺着姑娘的鼻子流了下来。

李铁怒吼起来："我刚出差你就跟男人出来鬼混，年纪轻轻的为什么一点不爱惜自己？我知道他比我优秀，可这也不是你脚踏两只船的理由啊！你说，我哪儿对你不好？"李铁把姑娘摇得像一片风中落叶，姑娘手足无措地看着门外的大妈。

李铁点头哈腰地向"金毛狮王"道歉："大姐，对不起。我自己的女人，带回家教训，不再给你添麻烦。"

被揍成猪头的男顾客瞪眼看着李铁。

"金毛狮王"边哭边点头。

走出酒店，来到空无一人的大街上，姑娘直截了当，一耳光甩在李铁的脸上："你他妈神经病啊！"

姑娘气愤地擦着右鼻孔的鼻血，李铁默默擦着左鼻孔的鼻血。

大妈扯了扯姑娘的袖子："闺女，他是为你好。这个社会，能容下脚踏两只船的，可容不下干咱们这一行的啊！"

姑娘瞪着眼睛："做这行哪儿不好？"

"没说不好，就是警察管咱们，不管小三。"

姑娘不说话了。

姑娘只穿那件桃红的小睡裙，两条筷子一样的细腿一会儿便冻得通红。李铁将风衣脱下，姑娘啥都没说就披上了。

大妈笑道："小伙儿，不错！'既压又抬'的吵架方法你已经掌握了，只需勤加练习，就能出师了。"

李铁抱着肩膀，在寒风中瑟瑟发抖。

白天，顾客稀少的咖啡店。

"上过大学？"对面的大妈眼睛特别亮。

"老家的破学校，三本，学营销的。"李铁不好意思地笑着。

"干这一行之前，是做什么的？"

"保险公司业务员，不咋会说话，跑不出业绩，被经理辞了。"

"业务员好，业务员不错。"大妈喃喃道，"想过干回老本行吗？"

"先干好这行吧，这行收入高。业务员太辛苦。我以前也胸怀过伟大理想，后来发现，没有收入，理想算个屁啊。"李铁慢慢搅动着咖啡。

"你觉得我去保险公司跑业务怎么样？"大妈正色道，不像开玩笑。

"您？您绝对比我强！您那么会吵架，吵着吵着就把单挣来了。"李铁哈哈笑着。

"其实，你已经不比我差了。"

李铁刚想问难道我水平已经这么高了。大妈对着门口说："来了！"

李铁仰着脸儿乐："这就是您给我介绍的对象？"

"觉得咋样？"

李铁不说话。

眨眼间，姑娘已经走到眼前。她穿着一件白色风衣，婷婷袅袅的。因为没有被揍，她洁净的脸蛋比那晚上漂亮许多倍。

"这就是给我介绍的对象？"姑娘问了一样的问题。

"我觉得不错。"大妈说。

"问题是我看得上他不？"姑娘并没有落座的意思。

"你不问问人家看得上你不？"大妈抢白。

"看得上。"李铁小声说。

谁都没听到。

姑娘急赤白脸地跟大妈争辩："不管他能不能看得上我，反正我看不上自己。"

说罢，她将李铁的咖啡一饮而尽，甩甩头发，头也不回地走了。

酒店的台阶上。

"别人管着那么多姑娘，您怎么就这一个？"李铁搓着手。

"我觉得她漂亮，她比别的姑娘都强。她一个人从乡下来宁波打工，特别不容易。我就她这一个，能将她照顾得更好，也能保证她的安全。"

"你俩住一起？"

"可不，房租那么贵。"

"其实，您不希望她干这行吧，我是说……"

"当然当然，女孩子干这个，见不得光。要是被人知道了，唾沫星子就能淹死人。以后怎么嫁人呢？"

"您问我想不想干本行。您呢、她呢，想不想金盆洗手？"

"咋洗啊？身份证都在老板手里，和你一样，你又不是不知道。老板说了，要是我们直接逃，他们就冒充我们的身份借高利贷、杀人放火，叫我们永远翻不了身。"

"您要是真想走，其实我有办法。"李铁定定地望着大妈，急了，"您别这么看着我，我真有办法！"

大妈笑了，笑容颇像她的姑娘。

警笛大作，李铁尚在困倦中。猝不及防的，猛然冲上来十几个全副武装的警察。

酒店服务人员何曾见过这阵势，纷纷避让到一边。

大妈被冲撞得摇摇晃晃的："同志、同志你们干吗去？同志，听我说……"

警察果然什么都知道，他们紧绷面孔、目不斜视，径直向目标冲去。

没费周折，房门便被打开。

"警察，不许动！"

李铁和大妈拼命往里挤，房间里头漆黑一团，什么都看不见。

突然，窗户被推开，女人惊悚的尖叫声划破夜空。

砰的一声，什么东西轰然坠地。

李铁浑身的血都凉透了。

大妈一愣，一边惨叫一边往楼下冲。

李铁身子僵硬，脚步虚浮。

这只是三楼，老天保佑；这只是三楼，老天保佑……

大妈跪在一团洁白的影子前，浑身哆嗦。

李铁以为她会气吞山河地痛骂一番，这次她没有。

她一边哭泣一边对警察大喊："造孽的是他们，不是我们。凭什么受罪的是我们？是我们？闺女啊……"

"是不是你报的警？"

"你们想逃，只有这个办法……"

"是不是你报的警？"

"我没料到她在情急之下会跳楼。"

"最后问你，是不是你报的警？"

"大妈，老板骗了你们！就这一次，警察就把他们一锅端了。你们能回老家了，不必担心被报复了！"

李铁对着大妈和轮椅上的姑娘，笔直地跪下去。

"果篮你拿走吧，我们东西多，拿不了。"姑娘的态度明显缓和许多。

"回去好好养伤，伤筋动骨一百天。医生说春天你就能正常走动了。"李铁朝后退了一步。

"过年还回家吗？"大妈笑着。

李铁摇摇头："我还没走上人生巅峰呢！"

"干老本行呗？"

"应该吧，毕竟师傅教了我这么多。"

李铁抬腕看看表："你们快进去吧，时间不早了。"

大妈笑着："那，有缘再会了。"说着，她推起姑娘的轮椅。

姑娘把手放在大妈的手上："慢点，妈。"

她们慢慢地进入宁波火车站，那座高大的银色建筑。李铁深深吸了一口气，抬头看着宁波的夜空，深蓝而寂静。

李铁将果篮拆开，三两下剥好橘子，将半个橘子放进嘴里。

"操，真酸！"他努了把力才把橘子咽下去。

李铁猛然想起那个红头发的女人，在摇摇晃晃的火车上，她叹息道："宁波啊，"随即她抬起头，望着堆放得满满当当的行李架，"不打不相识，吃个橘子吧。"

浓烈的橘子香像一件厚衣裳，紧紧缠绕在李铁身旁。

"垃圾，给。"舍友向小林下达的命令指向性明确。

楼层公用的垃圾桶就在出寝室门左转的第一个楼道口，室友们都懒得走这两步。他们像囤积癖一样把垃圾装进大大小小的塑料袋，等小林出门的时候委以重任，将垃圾包郑重地交给他。

小林不知自己何时、因何成了宿舍的专职垃圾处理员。大学一开始，小林产出的垃圾就比别人少，少到忽略不计。不仅是垃圾，小林的衣服、鞋包、除课本以外的书、电脑、手机的数量，也无法与舍友们相提并论。当舍友们日复一日地将精力放在 Dota、魔兽争霸等游戏中时，小林正顶着烈日发传单、冒着酷寒刷盘子。小林也想试试让舍友们笑到流眼泪、愤怒到砸键盘，甚至连课都不上、饭也不吃的网络游戏，无奈亲戚赞助的老式联想笔记本连开机都需五分钟，根本带不起来网络游戏。

最近，舍友们都变得吝于表达感情，连一声"谢谢"也不说，小林的劳动变得理所应当。靠门的舍友手臂悬在半空，眼睛不离屏幕，等待小林主动接过塑料袋中的垃圾。

"咋了？"久没动静，舍友挑眉问道。

"没咋、没咋。"小林接过垃圾，宿舍门在身后关闭。小林特想骂自己，真他妈像个小媳妇。

宿舍楼一共六层，每层有一只巨大的公共垃圾桶，负责打扫卫生

垃圾青春

的婆婆每天四次把垃圾桶运到楼前的垃圾车上。劳动强度何其大，年轻人都未必能承受起。

　　小林在心里管打扫卫生的婆婆叫垃圾婆婆，虽然不敬，但也恰如其分。小林初识垃圾婆婆在一个人迹稀少的周末，当时她正与保安大叔聊天。他们两人身旁停着一辆近乎散架的板车，板车上面堆满破旧的棉被和书本。小林打断他们的对话，保安大叔似乎有些不满。

　　"回收棉被和书本什么价格？"

　　"棉被一斤五毛，书一本两毛，"垃圾婆婆亲切地看着他，"同学你是哪个寝室的？我可以上门取货。"

　　小林无声地摇摇头，他只是想在校内创业而已。垃圾婆婆面对潜在客户热情非凡，遭到拒绝也并未显得失落，继续投入热络的聊天中。

　　小林逐渐了解到学校的旧物回收业务已被各宿舍楼的保安和清洁员垄断，从获知货源到买入、打包、转手卖出，方便快捷一条龙，外人想在其中插一脚，简直如白日做梦。即便如此，小林与垃圾婆婆之间也渐渐建立起了某种特殊的感情，这种感情是靠白天晚上各一声招呼维系的。这种感情，怎么说呢，让小林感到宾至如归，让小林找到家的温暖。

　　小林是在垃圾堆里玩大的，他家里做废品回收工作，俗称"捡破烂"。爸妈人手一辆三轮车，业务横跨两个小区三条街道，寒来暑往，叫买不停："有卖旧报纸、纸壳子、旧家电的不？"

家里是废品的天堂。纸壳子被爸踩得厚实而平整,小林用作书桌;塑料瓶子被捆成一条小船,夏天的时候,小林乘着塑料船在离家不远的小脏河里玩;陪伴小林整个童年的黑白电视机也是爸妈收回来的,人影全都走样了,捧捧打打就过了小十年。

为了给小林一件让他喜欢的宝物,妈总是在废品堆里翻啊找啊;小有收获,妈便抬头,向小林露出灰蒙蒙的笑容。

和妈妈如出一辙的笑容居然在离家千里的学校让小林找到了。垃圾婆婆从不会错过小林的每一个招呼,也从不吝于向小林展露笑容。尽管她身上总有股汗馊馊的怪味,脸好像永远洗不干净。她瘦得脱了形,五官却很突出。垃圾婆婆年轻时一定是个美人,不比这个学校任何一个大胸大屁股、黑丝红嘴唇的女生差。

男生们传,保安大叔早对垃圾婆婆蠢蠢欲动。这是一条令说者无意听者也无心的老年绯闻,小林一笑置之。他们都那么大岁数了,两个人加起来该有一百二三十岁了吧?

去年深冬,小林因为晚归,被保安大叔以违反校规之名挡在宿舍楼外。只怪糟糕的交通状况,他结束兼职到学校都深夜了。

"学校规定晚于十一点半不能进宿舍,"保安大叔看看腕表,"现在是十一点四十五分。"

小林冷得直跺脚:"规矩是死的人是活的,您就让我进去吧!"

"爱莫能助、爱莫能助。"保安大叔合上门。

那晚下着小雪，小林捏着兜里一百二十块的收入，犹豫该继续恳求还是投奔校外的廉价旅馆。垃圾婆婆不知何时出现在保卫室："这孩子我认识，让他进去吧。"保安大叔犹如接到圣旨，眉开眼笑地启动自动门。

见此情此景，小林心里止不住尖叫：他俩果然有情况！

嵌于楼梯一层的小房间敞着门，小林原以为那是个杂物间，没想到垃圾婆婆竟住在里面。小房间和保卫室只隔一堵墙，难怪垃圾婆婆能听到他和保安大叔的谈话。

小林抖如筛糠，垃圾婆婆善解人意地招呼着："喝杯茶暖暖再走吧。"

垃圾婆婆的房间里仅床和桌子各一张，回收的垃圾被别具新意地改成装饰。碧绿的啤酒瓶和透明的塑料瓶在灯泡周围悬挂，四方墙壁全是斑斓的投影；散落但完整的书页被叠成纸鹤和星星；被学生们丢弃的书册，经过修补，充盈了垃圾婆婆的图书馆。垃圾婆婆竟是识字读书的。

接过热茶，小林一怔，那是三百多一两的大红袍。他之所以认得如此高端的茶种，全拜上一家打工的餐馆老板所赐。每天打烊前，老板都手捧一杯大红袍，睥睨着众员工打扫整理："你们晓得不？晓得这杯茶值多少钱不？"

这种茶叶，不像垃圾婆婆能承担起的。

或者，这其实是保安大叔表达爱意的礼物？

霎时起了兴趣，小林试探道："婆婆，您过得不富裕吧？"

"还好还好，"垃圾婆婆勾了一下身子，"老伴儿没了，儿子媳妇开公司，小孙子上小学。孝顺都孝顺，老头儿留下的、小辈孝敬的、自己的退休金，花不完。"

小林傻了："那您咋会做清洁工？"

"你看我，没人陪，一天天熬日子，无聊不无聊？纯粹找个事儿打发时间呗。"

小林愣住了："婆婆，我还有事，告辞了。"

这个夜晚注定会在小林的大学生涯中留下浓墨重彩的一笔。

垃圾婆婆再三挽留，小林却如逃一般冲出温暖的小屋。

大红袍、大红袍，小林想，爸妈还在喝三块钱一斤的茶叶末子呢！

从此小林有意疏远了垃圾婆婆，即便迎面撞到也视而不见。

还以为人家和咱是一类人呢，小林恨恨地想，人家喝三百块一两的大红袍呢！

小林抱着一塑料袋的垃圾，缓缓向楼下走，几乎与垃圾桶被拖动的节奏同步。宿舍每一层都被打扫得干干净净，这让从小习惯与垃圾和平共处的小林很不适应。

从小林记事起，家里就堆满垃圾，爸妈追求垃圾，没有垃圾就没有这个家。垃圾脏与不脏、臭或不臭，他心里根本没有概念。上大学来到大城市，人人干净得恨不能把身上的老皮揭下来。垃圾变成瘟疫，人人唯恐避之不及，真矫情！

小林的上一份兼职是在幼教中心当助教，他一粗笨大男生，负责五六个小鬼头的生活健康。孩子年纪小，脸蛋也可爱，然而一旦成群结队就变成恶魔。小林忙得团团转，最难对付的不是精力旺盛的小鬼头，而是那些把眼珠顶在脑门、鼻孔朝天喷气的家长。

小林听同事说，曾经有个老师为了锻炼孩子的自理能力，尝试让他们吃完饭后收拾自己的碗筷。一个家长突然冲上来给那老师一耳光："这种活，在我们家是保姆干的，你知道吗？"

这份工作小林做得如履薄冰，唯恐惹老佛爷们不称心。

尽管一再小心，小林还是惹上了麻烦。那天小林心不在焉，一个小女孩加餐的面包片掉在地上，鬼使神差地，他竟让女孩捡起来吃。

女孩像所有讲究的城里人一样，嘟囔："脏……脏……"

脏？食物怎会脏呢？小林放到嘴边吹了吹："这下不脏了吧。"

第二天，女孩妈便气势汹汹地前来兴师问罪，女孩没来。不晓得内情的还以为小林把女孩怎么着了。

"你这老师是不是脑子有问题，让我家宝贝吃地上的垃圾？"女孩妈的皮包快抡到小林的鼻尖儿。

闻讯而来的领导、老师越来越多，小鬼头们目不转睛地看着小林。

"幼教中心是不是什么人都往里招？之前经过培训了吗？有没有基本的素质？面包片掉在地上得多脏，沾了多少灰尘和细菌？你身为教师，不但不诱导教育，反而让她吃下去！幸好我家宝贝告诉我了，我们全家紧张了一宿。要是出什么事儿，我可跟你没完！"

小林的脑袋飞速运转着，要是这家长甩他一耳光，他该如何应对？之前一个和小林年纪相仿的女同事告诫过他，万不可跟家长们发生冲突，小鬼头们无一不是来自非富即贵的家庭，随便一个家长的职务都够压人一头，得罪了他们，等于间接把自己的前途毁了。

小林安静地闭上眼睛。

女孩妈问："你干啥？"

小林说："等你抽我耳光消气。"

"我是文明人，不随便打人。"女孩妈远离小林，似乎怕沾上脏东西，"各位领导，只要这个老师在这儿，我家宝贝就不会回来了。他留还是我家宝贝留，你们做个决定吧！"

领导们作难，小林竟不由感到轻松。他整了整衣领，向领导们鞠了一躬，摸摸小鬼头们的脑袋："各位领导、各位老师，谢谢你们的栽培，小林以前的过错和不足，希望你们既往不咎。"

女孩妈气消了一半，被主任请到办公室安抚劝说。老会计领命为小林结算工资，这个月没做满，小林拿到的却比基本工资高。

老会计说："家长太挑剔，幼教中心人事变动大，你算干得长的了！"

小林说："我能吃苦。"

老会计说："那女人过了，就算掉在地上，哪像她说得那么脏？"

小林说："我小时候，我妈收废品时得到一大包零食。对方可能只是拜托她当垃圾处理掉，没说清楚，她发现零食都没过期，就拿回了家。这包从天而降的零食大大满足了我，因为我那时没有多少零食可吃。当晚我的肚子就闹抗议，我一忍再忍，因为去医院花销太大。我妈看我疼得翻白眼，才将我送到社区诊所，输了三天吊瓶才好。"

"那应该是一包假零食。"

"可即便是这样，剩下的零食我也没舍得扔，一直放到长霉。那女孩从小什么都有，所以不知道珍惜。我一定要让她把面包片吃下去，那只是暂时脏的食物，不是垃圾，浪费了我会心疼。"

小林故作潇洒地走出幼教中心，把小鬼头们不舍的哭声全部关在教室里。

虽然现在的小林是个抱着垃圾的平凡大学生，一年前他可是校学生会干部。

小林进入学生会并没经过传说中的层层筛选和派系斗争。那时，每个辅导员被分配了强制性名额，小林的辅导员在他管辖的几个班级中巡视了一圈，点点小林，对助理说："就他了。"

学生会成员定点去办公室报到，犹如百无聊赖的上班族，呈现一派颓势。直到一条爆炸性消息传到办公室，犹如火把被点燃，办公室的诸位都亢奋不已。

戴酒瓶底眼镜的副主席哧哧地对诸位说："咱们学校，竟有人吃垃圾！"

消息很快被刊登于校刊上：寻找垃圾女孩。

大意为播音系一姑娘起大早练声，听见女生苑门口的树底下传来窸窸窣窣的声响。姑娘走近一瞧，那里摆着一个寻常的大号垃圾桶。她心想，或许是野猫、流浪狗在里头觅食呢。她正要离开，窸窣声响再次响起。姑娘再看，只见垃圾桶中缓缓升起一颗脑袋，长发盖住脸面，正将什么吃到一半。如果贞子吃垃圾，大概就是这副形象。现实中的贞子太丢电影中贞子的脸了！播音系姑娘发出一声惊天动地的号叫，没了命地朝外逃。"垃圾贞子"被这声号叫吓破了胆，弄倒垃圾桶，爬了两步，站起来朝反方向跑去。

尖叫招来了保安。姑娘抖如筛糠："不是、不是流氓……鬼……鬼啊！"说完眼白一翻昏了过去。

保安扶着昏迷的姑娘，极目远眺。哪有什么鬼？只看到一个披头散发朝教学楼飞奔的女生。

消息刊登没几天，学生会便决定为垃圾女孩举行捐款活动。虽应者如山呼，但善款寥寥。办公室里的诸位陷入收不回展板、横幅和传单成本的惆怅中。

一周以后，校方被惊动。自家学生吃垃圾，要是传到社会得造成多么恶劣的影响？教导处的年轻老师脑筋活络，他们认为如果直接明察暗访，查一年也不定出结果。不如统计学生的食堂消费情况。饭卡是联网的，花销最少的那个不正是当事人？

小林自告奋勇进行统计工作，他其实想见一见吃垃圾的女孩。她一定活得不轻松，和他一样。很快得出结果，每月饭卡花销不到十块钱的共三个女生，小林一一登门拜访。头一个是位大波浪发型的美女，一身浓浓的香水味。小林提及来由，美女挑眉，晃晃手里的汽车钥匙："学校食堂是给人吃的吗？我每天开车回家吃。"走过小林的身边，又退回来，"什么意思？说我吃垃圾？"

与出挑的女生打交道总让小林浑身不自在，他作揖道："抱歉！抱歉！有眼不识泰山！"

第二个女生也绝对不是小林要找的人，那有着卡门身材的女孩直接对小林说："我不在食堂消费，我吃生菜和水果，减肥。"

第三个女生是小林从阶梯大教室唤出来的。女孩的脸色是暗的，眼睛却是亮的。她穿着一件发黄的衬衫，脑后绑着最朴素的马尾辫。衬衫绝对不是时下流行的款式，她扎马尾的头绳毛毛糙糙，露出里面的黄皮筋。

直觉告诉小林，这就是他要找的当事人。

"同学，我是学生会的……"

"我知道你们在找我，"女孩打断小林，"能不能找个没人的地方说话，我不想让我的同学听到。"

女孩抬起羞怯的眼睛，脸颊因为紧张而泛红。

学生会因为举办一系列不靠谱的活动已负债累累，本希望借募捐填补窟窿，却事与愿违，雪上加霜。主席不得不差遣几个手下跑赞助，他心烦意乱，顾不上垃圾女孩的寻找结果。直到上头发难，主席才一拍小林的办公桌："你小子，校领导交代的任务完成了吗？"

小林早有准备："三个女生，两个土豪不屑于吃食堂，一胖妞直接不敢吃饭。"他双手一摊，"主席，不是我不努力，那个吃垃圾的女孩，说不定就是凭空虚构的！除了保安和播音系女生，还有谁见过？"

主席若有所思："小林，你说得对，他们一定有不可告人的目的。"

小林循循善诱："所以我建议，与其继续搜寻'莫须有'的垃圾女孩，不如着重填补学生会的经济漏洞。"

主席频频点头："你说得对，你说得对！"

主席向学校汇报垃圾女孩的搜寻工作宣告失败。垃圾女孩的存在让校方一度很尴尬，既然学生会宣布她不存在，学校中也没继续爆出丑闻，领导落得一身自在，这件事得过且过，逐渐被遗忘。

一切都在小林的掌握之中。

　　垃圾女孩来自西北山区，她家里世代务农，一共八个孩子。她是全村这些年考出来的第一个大学生。经过一个夏天的东拼西凑，在开学的前一晚，女孩的父母终于凑齐了学费给她。一家十口默契地谁也没提生活费，好像垃圾女孩能像植物一样靠光合作用活着。

　　垃圾女孩说，其实她也做兼职呢，周末发传单，周三周四的晚上在快餐店端盘子。

　　小林急了："你傻呀，既然能挣钱，何必吃垃圾？"

　　女孩红着脸："其实我的学费还没交齐，兼职的收入都用来补交学费。"生怕小林看不起她似的，"有的垃圾也不脏，我上周捡到半个草莓面包，裹着塑料袋，根本没和垃圾接触。"

　　垃圾女孩的头发干枯分叉，大概由于长期缺乏营养，她的脸呈现蜡一般的质地。小林欲言又止，长叹一声："以后不要再吃垃圾了，学生会为你募集的善款到位了。"

　　"怎么，"女孩慌了，"不是说好不向学生会说实话吗？"

　　"我保证按你的意思向主席汇报，可善款都到齐了，总得派上用场。主席说，学校又不止一个贫困生，"小林指着自己，"我也是，所以学生会决定把善款拨给我，但我觉得你比我更需要它。"

　　小林快把自个儿感动哭了，他觉得女孩此刻应该感激地抓住他的手，可惜她没有。

　　学生会自身都处于亏损状态，善款从何而来？每周六的晚上，他们两人在男生苑和女生苑交接的广场会和，小林将学生会按周补给的一百元"善款"交给女孩。

为了每月四百元的额外支出，小林不得不又兼了一份工。

每次两人如同例行公事，垃圾女孩只是轻轻地道谢，小林觉得女孩应该感激之外再加一些轻柔的表示，可惜她仍旧没有。

一个月之后，女孩竟变得不再枯槁。那晚她穿着简洁的白色长裙，头发散开，细腻发亮，双眼如同午夜的明灯。脱胎换骨的改变真切地发生在她身上，小林实在无法将女孩与一个月前从垃圾桶里冒出来的贞子联系到一起。

自那一面之后，小林经常想起女孩。高中时，小林会想着隔壁班的班花傻笑，大学时他竟又重蹈覆辙。

小林鼓励自己，他是大学生，是成年人，能创造经济价值。小林想向女孩表白。表白需要玫瑰，玫瑰不实用但是浪漫。贫穷女孩对浪漫的渴望一定甚于家境殷实的女孩。买不起九百九十九朵，就用九朵表示一下。再多，别说小林，估计女孩都会心疼。平白无故，又多出一百多元的支出。小林没白没黑地做着兼职，睡眠严重不足，终日头昏脑涨，终于做出让他后悔得肝疼的决定——他让幼教中心的小鬼头把掉在地上的面包片捡起来吃掉。

被幼教中心辞退之后，小林手握一笔还算丰厚的工资，买来一捧艳红的玫瑰。小林的玫瑰引来舍友的围观和啧啧称奇，小林笑得志满意得。

小林决定就在当晚把"善款"给女孩的同时奉上花束。

不料当天下午女孩竟给小林宿舍的座机打来电话，点名找小林。不知什么时候起，女孩竟有了手机。电话里，女孩说从今晚开始再也不用给她拨"善款"了，言下之意，他们不必在老地方相见了。

小林不解："为啥？"

不明就里的舍友正为小林第一次接到女生的电话兴奋得挤眉弄眼。

女孩说，跟她一起发传单的小姐妹介绍她去酒吧做侍应，工钱一周一结算。这不，才做了一周，工资就够买一部不算太差的手机了。

酒吧？那灯红酒绿的花花世界？推杯换盏，音乐轰鸣，女孩浓妆艳抹，身上只披几块布条，男人们迷离的醉眼和油腻的手在黑暗中四处摸索……

小林浑身打冷战，汗毛根根竖起："那种地方，以后你不要去了，那不是你应该待的地方！"

"凭什么？"一向温柔的女孩也禁不住拔高嗓门，"你把我当什么了？我端酒洗杯子，挣的是辛苦钱，我是干净的，我的工钱也是干净的！"

小林不知所措，脑袋一热，说出了糊涂话："就凭我每周把钱给你，要不是我，说不定你还在吃垃圾呢！"

这记耳光好生响亮，小林自己都愣了。

女孩反而平静下来："小林，你在我心中只不过是给我送钱的一个人。静下心来，我甚至回忆不起你的模样。你把你的'善款'让给我，不过是可怜我。你不要装得多么高尚，也永远别妄想控制我！"

女孩挂了电话，嘟嘟的忙音让小林的大脑一片空白，让他腰膝酸软，恨不能瘫坐在地。

小林回拨过几次，女孩皆不肯接他的电话。原来在她的心中，自己的付出这么不值一提——就此作罢。

虽然少了额外的经济负担，但小林过得并不愉快。半个月后的一个周五，小林看到一个酷似垃圾女孩的身影。她略施粉黛，裙摆飘飘，袅袅地走向一辆轿车。小林擦擦自己的眼睛，没错，就是垃圾女孩，那头细腻发亮如海藻般的秀发，小林永远不会忘记。

垃圾女孩终于融入了这所学校，成为大多数女大学生的样子。

小林回到寝室，愤而将早已枯萎的玫瑰扔下楼。

正在玩 Dota 的室友抬起头，啧啧道："可惜、可惜，咱们寝室唯一的绿色植物，没了。"

小林即将走到宿舍一楼，垃圾婆婆整理垃圾的声音响彻整条走廊。

小林已有一年避免与垃圾婆婆碰面，此刻他在犹豫，是将这包垃圾交给婆婆处理，还是扔到学校里的垃圾桶？

　　拐个弯，他得以俯瞰那个瘦小的身影。垃圾婆婆抬起头，冲他露出灰蒙蒙的笑容，这笑容真像妈。小林产生了错觉："妈……"刚喊出一个字，拐了调门，"婆婆！"

　　小林好生窘迫，垃圾婆婆却似乎没听到："又去忙兼职了？"

　　"去年做的那家幼教中心说缺人，通知我再去试试。"

　　"早点回来，别又被关在宿舍外头。"

　　"哎！"小林痛快地应着，两人之间如坚冰一样的尴尬终于消融。

　　这样好的天气，说不定能在老地方偶遇一年没见的垃圾女孩呢。

　　小林将蓝色塑料袋交给垃圾婆婆，他的手中空空如也，从此手里和心里都没了那包垃圾。

一

阴了大概一百天，终于放晴了。晴得又过于热烈，叫人忍不住想指着太阳的鼻子骂一句狗娘养的！

校电视台的摄制组做了一上午猎人，一次次扑空，猎物全绕着他们走。一伙人扛着长枪短炮在学校里晃悠的确有些骇人，不是谁面对摄像头都能从容淡定。

年轻的摄像师像刚从河里捞出来，外景女记者花了妆，几乎素颜。连制片人也丧失信心，几乎放弃的时候，场记指着远处说："那边来人了！"

就这最后一个，不行就班师回朝，制片对自己说。

白一下身短打扮，短裤下露出汗毛丰茂的大腿。上身却披着一件外套，漆黑油亮的厚外套，好似独角仙一类昆虫的壳。他脚尖颤颤，身体晃晃，飘忽如鬼魅。他下巴尖之又尖，脸色白中带黄，黄中带绿。黑眼圈、肿眼泡，整个人的状态仿佛魂魄散了六七分。

在大学里，这样的男生俯首即是，熬夜、沉溺网游、纵欲、饮食不规律，种种理由都可造就如今的状态。他似乎连知觉也一并萎缩，说他热吧，他双腿毕露，说他冷吧，他汗流浃背。

外景女记者喃喃道："似乎是个宅男。"

摄像师以过来人的口吻赞同："死宅。"

摄制组蜂拥而上，女记者开门见山地介绍道："同学，你好，我是校电视台《校园万象》栏目的外景记者，可以就大学生活采访你几个问题吗？"

白一直勾勾地盯着她，既没同意也没拒绝。女记者又将问题问了一遍，白一终于木讷地点点头。

"你业余时间主要做什么？"

白一抬起布满老茧的双手："打游戏。"

"看不看电视剧？"

"不看，"他想了想，"偶尔吧。"

"除了游戏，靠什么打发时间？"

"……"

换个说法吧，女记者尴尬地笑了笑，拢拢头发。

她花了妆，眼影还在，银色眼影，白一几乎能在里头看到自己。除了自己，还看到另外一个人。

"你会不会觉得生活无聊？"

"……"

"这么说吧，你对生活有什么期待？"

白一无动于衷，摄像机正对准他。女记者微笑着懊恼：完蛋，这宅男不仅丧失思考能力，连说话也不会了！

摄制组静候白一开金口，白一惜字如金："没期待，绝望。"

"绝望，对生活绝望？"女记者明知故问，"为什么？"

白一突然感到莫大的屈辱，无名火随着汗液渗出头顶："因为我不会吞咽了！我吃不进东西了！我要死了你明白吗？不，你不明白！"

白一怒气冲冲地指着镜头："傻 × ！你们都不明白！"

女记者哑口无言，被吓得浑身哆嗦。制作人冷汗一身，怕是遇上病人了。摄像师身强体壮，若不是他及时抓住白一的胳臂，估计摄像机得被他砸了。

即便如此，看似瘦弱的白一的肌肉结实程度，还是叫摄像师暗暗惊讶："靠，都说死宅右臂健壮，这回，算撞见活的了！"

二

十一点半，准时熄灯。

舍友跟白一打趣了几声，白一不睬。舍友奇怪地望着他，方才叫他"开黑"。他被手机小游戏夺了魂。无人组队，舍友输了一局，有些恼火。临睡觉，白一竟开机登录，键盘、鼠标嗒嗒响，他不时低声咒骂两句，耳机里声音嘈杂，屏幕上人物翻飞。

室友喃喃自语："自己玩，好玩啊？"

"好玩！"白一头也不回地答道。

室友吓了一跳，耳机声那么大，白一还能听清，这听力快赶上狗了。室友噌噌噌爬上床，白一最近变得有点怪，怪在哪儿，说不清道不明的。不就是失恋？二十啷当岁的人，失恋还算个事儿？

白一在等。

室友们一一熟睡，几人磨牙、几人打呼他心中有数。白一死死盯着屏幕，目光仿佛将显示器穿透。他往里挪了挪，下身被桌子边缘遮住。他退出游戏，点开文件夹，看了看，选择了其中一个视频文件。

耳机的声音被他调得小得不能再小。

赤裸的男和女，画面晃动，一片花白，一看就是不专业的自拍。男人手举摄像机，小旅馆灯光昏暗，女人千娇百媚，眼影非常抢镜。粗重的喘息和娇滴滴的呻吟混在一起，白一看着黑漆漆的墙壁，墙壁上出现女人的脸。

呻吟，再呻吟，继续呻吟。

白一的手伸进裤子，屏光在他脸上闪烁，动作加快，他的表情有些凝重。屏幕上女人的呻吟，分不清是在他脑袋里还是耳朵里。白一的手指伸向屏幕，这里在响，那里也在响，最终混为一体，一根针似的扎进心脏。白一感觉自己飞起来，飘，一直朝上飘，飘出宿舍楼，飘向云端。夜晚的阳光刺痛他的眼睛，他一声大吼，坠向万丈深渊。

白一胸膛起伏，大口喘息。由于戴着耳机，他对声音的控制不那么自如。刚才弄出的声音，会不会太大了……

白一环顾左右，舍友的脑袋正从床上垂下来，像倒立的鬼魂一样可怖。白一不晓得被看光多少，只见室友脸上挂着坏笑："爽了吗？"

"嗯。"

白一没觉得多么尴尬，起身去厕所收拾。舍友讨个没趣，意兴阑珊，目光却锲而不舍地粘在白一背上。

厕所门一关，目光撞上门板，掉在地面。

三

上课时间是八点半，白一手机闹铃响的时候是八点二十五。

他睁开眼，人去屋空。白一不慌不忙地洗漱收拾，他渐渐习惯了这样的不慌不忙。不用再为她提包、给她买早点、送她上课，如伺候老佛爷，一丝一毫怠慢不得。

尽管在前不久的一次迟到中，白发苍苍的老教授痛心疾首地对他喊道："你再迟到一次就要重修了！"

"哦！"白一抬头，"那又怎样？"

老教授语塞，不再与他纠缠，在点名册画上重重一笔。

舍友简直想为白一鼓掌欢呼。权威终于被挑战，舍友觉得自己的地位也在无形中抬升一大截。

校园中有的是像白一这样不慌不忙走向教学楼的学生。上课铃响过十分钟，白一晃悠到学校小超市，在货架上寻找面包和牛奶。虽然已是夏天，但他饿得浑身发冷，疑心胃快将自己腐蚀掉。

透过方便面的和曲奇饼干的缝隙，白一发现一个熟悉的身影，准确地说是两个。

他喉咙发紧，大脑空白。

他撒了一大把硬币在账台，他完全没在意老板喊"不够"还是"多了"，紧跑两步，保证自己始终跟在那两人身后。他手里的牛奶清脆地回撞着，面包被攥成饼儿。

正前方有一块大石头，不知何时已被抓在白一手中。

他有点迟疑，非常紧张。那一男一女，女人的背影多么熟悉，男人手提的女士皮包多么熟悉。他们背对白一，不然白一一定会看见她湖泊一样明亮的蓝色眼影。女人长了一张非常好看的面孔，白一认识她的第一天就这么认为，直到如今，这个想法还在他心中根深蒂固着。那晚在电脑和墙壁上看到的面孔，即便扭曲，依旧美丽。至于那个男人，从白一第一次与他打球并且输得溃不成军起，他就变成了他的噩梦。

他想用手中的石头将噩梦狠狠砸碎，把自己砸醒。

一道歪斜但笃定的弧线划向男人后脑勺，人群中尖叫无数。女人惊恐得仿佛见了鬼，男人呆立着，缓缓转过头："你……"身躯猝然倒下。

白一手上的血与石块上的血，散发着腥甜的味道。

当然，这一切只是白一的幻想。光是想象就能让报复的快意潜滋暗长，但也只能想象。那一男一女走出白一的视线，他们甚至没察觉到他的目光。

老教授对白一的迟到习以为常，以白一为首的几个学生，要是哪天准时了，老教授甚至觉得不自在。白一在最后一排靠窗的位置坐下，吸了几下牛奶，咬了几口面包。任凭他嚼得再碎，牛奶把面包浸成糊糊，它们的体积却永远比喉咙大。无论白一如何用力吞咽，它们就是不肯顺着食道滑下去。

面包与牛奶的混合物在口腔中蓄成一团，因吞咽过猛，一阵呕吐感突袭而来。白一拔腿冲出教室，门被用力打开，发出一声巨响。教授扶扶眼镜："现在有些学生，连老师都不放在眼里，实在太不像话……"

教室里响起一阵默契而暧昧的笑声。

白一冲到厕所，猛烈地咳嗽着。面包和牛奶被吐干净，食物从胃中源源不断涌出。他吐得只剩一副空壳子，脑海中的两个人影仍然影影绰绰。他捧了一把自来水送进嘴里，凉水触到喉头，传来一阵又一阵呕吐感。他把水吐净，铁锈味弥漫口腔。

四

白一睡了整整一天，甚至更久。

从迟到发展为旷课，好，很好。白一能想象，如果父母被告知他的现状，他们脸上会是什么表情。寝室是铁笼，白一是困兽，可他甘愿做困兽。不是不饿，可白一一想到去食堂要爬下六层楼，胃里立刻满了。

就算有食物，他也未必能吞咽。喉咙不痒，也不痛，好似不会张开。就算会张开，能吞咽，也得凭毅力。进食成了天底下最难的事。

昏睡最适合度日。

他维持一个别扭的熟睡姿势，从舍友上学到他们回来，始终未变。舍友们嘻嘻哈哈，又怕吵醒他，有个人试了试他的鼻息，做出"还活着"的口型，一群人笑得更甚。

谁都不知白一梦到什么，也不知他为何在熟睡时皱眉、咬唇、大口喘息。三两束橘色灯光歪斜地打在他脸上。一条如蛇般弯弯曲曲的影子顺着白一的手臂向上爬，爬至他的肩胛骨、再至耳后，终没入黑暗。

白一翻身的动静很大，像在睡梦中与什么缠斗。他双手笔直地朝前伸着，做进攻状。他痛苦地嘟囔着，似乎全身被束缚。

室友打开灯，强行叫醒白一："怎么了？"

白一茫然无措："做、做梦了。"

"这么激烈，被鬼压床，还是被女人压床？"舍友开着无关痛痒的玩笑。蒙眬中，白一听见他们笑成一团。他觉得大腿痒、脸孔痒、耳朵痒、肚皮痒，挠啊挠，发出嗞嗞的响声。瘙痒褪去的感觉叫白一浑身瘫软，他挠得破皮流血，不管不顾。

他碰到一根弯弯曲曲的耳机线，耳机还在工作。它缠着白一的手臂，绕着他的脖子，抓着他的耳朵。就是它让白一的梦里出现一条大蛇。梦里的大蛇将白一越缠越紧，彼此不留缝隙。它好像是从白一体内长出来的，拳头大的鳞片摩擦着白一的皮肤，全身性的瘙痒就从梦中爆发，蔓延到现实。

白一重新戴上耳机，轻柔女声没完没了地浅吟低唱。很快又有一个女声叠加在歌声之上，那是另外一首歌，却与旧曲调完美融合在一起。崭新的歌声是从涂满湖蓝色眼影的双眼下传来的。

"好听吗？我唱得好不好听？"那女声突然问白一，熟悉得不能再熟悉。

很快，又有新的声音加入，妩媚的呻吟、娇滴滴的喘息，这声音与新歌声隶属同一主人。三种声音混合一体，鼓荡着白一的耳膜。

白一偏过脑袋，一滴蓄谋已久的泪珠砸在枕巾上。

五

白一再次在学校现身已是三天之后。

认识白一的学生惊诧于三天时间居然能带给人如此巨大的改变。白一似乎变薄了，微风便能将他刮折；白一似乎变脆了，脆而软，一阵雨便会让他化成一摊泥。

白一现身于学校食堂时，不是正饭点，人稀。食堂后墙挂着一台电视，学生食客与厨师大爷、扫地阿姨分散在电视四周。体育节目被一个女生换成相亲节目，大家都心不在焉地看着，没人抗议。

荧屏里，浓妆艳抹的女嘉宾正巧笑嫣然地望着主持人："爱情对你来说意味着什么？"

"爱情意味着我的半条生命。"

一片鼓掌叫好声衔接在女嘉宾的答案后，白一没发现值得喝彩的点在哪儿。女嘉宾不好看，浓妆后只勉强算一般，塌鼻子、小眼睛和大嘴巴，这些缺点是遮不住的。白一喜欢的那个人，只涂眼影，各色眼影，让白一觉得世界上所有的光都朝她涌去。

白一三天以来第一次吃饭。

米饭配着清炒白菜，他的吞咽机能尚未恢复，白一吃一口饭喝一口水，细嚼慢咽，让水把饭冲下去，他每吃一口大概要花费四到五分钟。

舍友逃课来食堂买饮料，与白一撞个正着。舍友手里夹着一根烟，白将，七块钱一盒，叫学生一族说不出怨言的价格，口感和味道却颇多槽点。白一也是老烟枪，而现在，鞭炮一样的烟味却让他好容易提起来的胃口接近丧失殆尽。

"能别抽了不？这是公共场所！"

舍友猛吸一口，烟雾从鼻孔升起来，烟头被按在餐桌上。

"你最近不对劲儿啊！"舍友关切地拍拍他的肩，"你就吃这个？"

这小子阴损惯了，冷不丁献出关怀，让白一起了一背鸡皮疙瘩。

"嗓子不舒服，咽不下饭。"

舍友挑动眉毛，嘴角出现一丝坏笑："是不是，被哪个女的，给咋了咋了？"

舍友有停有顿，意味深长。就知他没正形，白一低吼："妈的！滚蛋！"

舍友一愣，白一的改变是由外向内的，从前怎么跟他开玩笑都不碍，只要不涉及家人。他寻思着究竟哪里说错了，女人，一定是女人！

他小心翼翼地探问白一："怎么，还忘不掉她？"

白一的兴致全被打乱。吃饭对他而言可谓工程浩大，前期准备、咀嚼吞咽都马虎不得，全程需保持心情愉悦舒畅，偏偏舍友这颗老鼠屎从天而降，掉进饭碗。

白一心烦意乱地撇下筷子，掉头离开。舍友忙追喊，白一头也不回，步疾如风。这场景有些滑稽，多像小情侣闹别扭，食客与食堂大叔大妈纷纷侧目。

白一忽然想起，从前和她闹别扭，两人也是一追一跑。只不过与舍友调换位置，白一是追的那个。

白一的衣着上长下短，出门匆忙，不知怎么穿成这副德行。骄阳似火，地面被晒得如光洁的明镜。又热又冷，热是生理感受，冷从心里传来，冷比热更甚。

白一想回宿舍睡一觉，睡一觉就好。

就在此时，远处扛着长枪短炮的摄制组朝他走来。女记者涂着夸张的眼影，未等白一开口，话筒已经伸到他眼下。

女记者眨眨眼睛："同学你好，我是校电视台《校园万象》栏目的外景记者，可以就大学生活采访你几个问题吗？"

六

傍晚是白一一天中烟瘾最大的时候。

与吞咽机能搏斗了几天几夜，他嘴里味道转淡，馋了。白一又变成一杆烟枪。学校湖边，柳枝沾水面，涟漪漾到岸边，白一抬起头，对着落日吐了一口烟圈。

手机里，无意义的对话已经持续半小时。

白一想了很久，想好好跟爸妈谈谈他的失败与伟大。他失去她了，但她无处不在，食堂里、教学楼前、睡梦中，乃至电脑视频软件的播放记录里。他在失去她的同时也失去了吞咽机能，食物无法进入肠胃，喉咙开合成了无意义的机械运动。

白一构思这么久，终于形成完整连贯的开场白。可妈甫一接通电话，一串"天气怎样""身体怎样""学习是否紧张"的连珠炮，让他顿失倾吐的欲望。

踟蹰许久，白一说道："这段时间，嗓子不太舒服。"

妈妈的调门立刻拔高，白一让她紧张起来："怎么不舒服？去没去医院？"

白一哑然失笑："妈，我就想问问咱家有没有咽喉方面的遗传病？"

爸爸妈妈讨论一番，斩钉截铁道："没有！"

白一劝道："您别担心，八成因为我抽烟有点多。"

妈叨叨絮絮："叫你少抽点你不听，抽空去医院看看吧……"

轰鸣犹在耳边，白一觉得妈妈可气又可爱。白一把烟蒂扔向湖中，烟蒂摇摇晃晃没入水面。没有水火交融激烈的碰撞，呆头呆脑的烟蒂，连阵烟雾都没给世界留下。

天似乎是一瞬间暗下来的。

湖边的小情侣走了一波又一波，白一对着湖水从黄昏坐到夜晚。保安几次巡视，神情紧张地盯着他。

白一看着手机上那人的照片，那两抹海蓝色眼影。他蹲在地上，倚靠路灯，浑身乏力。

白一开了一罐啤酒，倒进嘴中，他忘了不会吞咽。白色的泡沫溢出嘴角，白一惊诧，继而愤怒，剧烈咳嗽。更多啤酒倒进嘴里，黄色啤酒顺着下巴流淌，胸前洇湿一大片。

他狂躁地把啤酒瓶扔进湖中。保安已在脱衣服，做着舍身救人以后接受锦旗表扬、升职加薪的准备。白一突然朝湖水的反方向跑去，保安一愣，许久才接受这个现实。他将脱了一半的衣服慢慢穿回去，怅然若失。

白一跑过一幢幢宿舍楼，每一间寝室挂着一扇明亮的窗。

他转过弯道，跑向更宽阔的教学区。楼宇变得稀少，天空更加开阔。他的步伐越来越快，身体越来越舒展。白一高举双手，胳臂顶风，变成一双翅膀。

直到再也跑不动一步，白一仰躺在地。他尽量不喘息，心中一片澄清。白一与星星遥遥对望，他从未被世界如此温柔相待过。

七

空荡荡的走廊，墙角发霉的房间。学校外的小旅馆本来就简陋得无法挑剔，顾客们的目的单纯而直接，没有人对旅馆的装潢摆设提出过批评。

　　白一的视线中，一双米色高跟鞋顺着楼梯上升。这个新面孔女人轻车熟路地打开房门，她想必不是第一次来这儿。

　　白一小心翼翼地观察着女人的侧脸，他们是第一次相见，是女人把他约到这儿来的。目的很简单，简单而热烈。

　　女人的脸有些涨红，不晓得是不是天气热的缘故。

　　"我去冲个凉，你稍等一会儿哦。"

　　白一木讷地点点头，浴室传来哗啦啦的水声。白一坐在床沿，手足无措，他觉得该把上衣脱了，又觉得打赤膊不甚雅观，便裹上被子。他环顾左右，窗帘一拉，橘色灯光昏暗而暧昧。大床连接着床头柜，电视是坏的。

　　白一在那个视频里见过这样的房间。

　　他把手机藏在电视后面，又用脱掉的上衣遮挡，巧妙地只露出对准大床的摄像头。他调成摄像模式，前后查看一番。如果不被事先告知，旁人根本发现不了破绽。

　　做完这一切，白一的手心像泡了水，喉头发紧。

　　女人从浴室出来，只裹着一条白色浴巾。她看着他，不加掩饰地看着。白一觉得此刻应该说点什么："你，经常约人来……"

　　"嘘！"女人竖起食指，不得不承认，素颜的她比妆后看起来清爽，"都是寂寞的人，何必往对方心里头挖？"

　　白一一惊，不再作声，听之任之。

女人从桌上拿起矿泉水，喝了一口，捧起白一的脸，喂给他。

白一双眼突起，喉咙打开了，他畅快地吞咽着冰凉的矿泉水。水通过食道，滑向他的胃。水与胃找到了最舒适的相处方式。

"好喝吗？"女人问。

白一点点头，望着电视机后如哀伤的眼睛般的摄像头："好喝。"

白一和女人紧紧拥抱在一起，仿佛他们的前半生就为了等这个赤裸的拥抱。两人像是从对方身体里生长出来的，像是盘根交错的树根。

——而白一空空如也的脑袋里，并没出现那张涂着湖蓝色眼影的面孔。

在我们院儿，河间能哭、会哭，想哭就哭、哭得响亮，是整条街道都非常著名的。

河间一生下来，他老妈就没了。我们这些孩子都不晓得她是怎么没的，长辈们的传言多种多样。一个阿姨说，河间妈跟有钱的年轻叔叔跑了。也是，河间爸跟我们的爸爸模样不太一样，河间爸弓腰驼背，鬓角银斑丛生，额头皱纹纵横，且他患有风湿、骨刺、糖尿病等那些爷爷奶奶才会患的疾病。随着年龄增长，他的病症越来越显著，模样也就越来越苍老。我们一度以为，河间爸是河间爷爷。所以，如果河间妈看上了年轻叔叔，一点也不奇怪。一个大妈说，河间妈忍受不了河间的哭声，回娘家避难，一躲小十年，再也不敢回来。甚至有一个奶奶说，河间半夜将他妈哭醒，河间妈迷迷糊糊地给他热牛奶，脑袋狠狠撞到碗橱上，眼白一翻，人就过去了。河间妈，生生叫河间哭死了。

我们院儿是芥阳二水厂的宿舍，七八十年代建的筒子楼，排列规整、等高等宽，墙体灰中透黄，砖瓦缝中长着野草，下水管道里藏着野猫。窗户明亮却漏风，墙壁单薄且不隔音。我们家和河间家住在相邻的筒子楼，中间只隔着一道承重墙。毫不夸张地说，我是在河间的哭声里长大的。

河间早晨起来要哭一会儿。我俩从小就在一个幼儿园，差不多都是七点半起床。起床气谁没有？但谁都没有河间哭得响。我还迷迷糊糊地皱眉思索怎么才能耍赖不上学，那边已经哭起来了，直哭得天潮地湿，晨光昏暗，哭得我脑袋变成一团糨糊，将每一个逃学的念头都扼杀在襁褓里。最终我只能老老实实坐在饭桌前，气鼓鼓地等待爸爸用自行车送我上学；中午河间也得哭，不知是心心念念地想着温柔的幼儿园阿姨，还是不甘心自己的玩具被小朋友抢走，晌午时分，河间的哭声必然从隔壁传来，比闹钟还准时；晚上就更得哭了，不哭怎么给河间的一天画上圆满的句号？他有时在睡前哭，这是街坊们勉强都能接受的，伴着哭声入睡，别有一番滋味。但恐怖的是，大半夜的，河间会炸雷一般哭起来。不光他哭，左邻右舍只要有小娃娃的，必定跟着哭。下水道里的野猫、垃圾桶里的野狗也一块儿凑热闹，汽车报警器呜哇乱叫不停。半夜全院儿都演奏着来自地狱的交响曲，河间就是那个万恶的领唱。

因为有河间的衬托，在我妈心中，我从小就是小兔子一样乖的宝宝。不哭，偶尔哭了，也知道用牙齿堵着嘴，绝不像隔壁没教养的河间一样哭声震天。

河间那魔音入耳、余音绕梁的哭声，使我妈年纪轻轻就患了神经衰弱症。她曾找河间爸理论。河间爸好脾气地笑着，顾左右而言他。他在我们院儿前面开了一间小啤酒屋，顾客都是工友。我妈义愤填膺地说着说着，顾客来了，河间爸打声招呼就去招待客人。十次有五次我妈能从中发现我爸的身影，矛头转而对准我爸，河间也就被抛到九霄云外了。

　　我们院儿的好多阿姨、大妈、婶子，都被河间折腾出了神经衰弱症。几乎每次找河间爸理论时，她们都能在啤酒屋里发现家里那口子。很少有人能将话说完，河间扰民这件事就一直拖着。拖着拖着、哭着哭着，河间就长大了。

　　我还记得有好几次我妈从河间爸那儿碰了一鼻子灰，回家破口大骂："老河真是老糊涂了，他是不是觉得河间的哭声很好听？河间一哭，他不但不阻止，反而出神地望着那小子，好像在欣赏一幅画。脑子坏掉了，一定是坏掉了！"

　　我爸宽慰地拍拍我妈的肩："哭就哭吧，小孩子嘛！再说，还能哭几年？一转眼，孩子们都长大了……"

　　长大的河间平淡无奇，小鼻子小眼，堪比非洲人的大厚嘴唇，平凡得有点儿丑，活脱脱一个缩小版、年轻版的老河。更倒霉的是，因为按片儿划区域上学，我和河间上了同一所小学，并被分到了一个班。当班主任知道我们是一墙之隔的邻居，干脆叫我俩当了同桌。

　　河间真小气，比我这个女生还小气。他比画着用尺子画了一道长长的三八线，将课桌一分为二。我俩各自为营，谁都不能越界，否则2B铅笔伺候。

　　越界是难免的，我的胳膊几乎被捅成马蜂窝，黑色的石墨大概永久地长在肉里了。我的课本和习题册不止一次被他扒拉到地上。这个河间，竟比女生还规矩，像个古时候的小女人，大门不出二门不迈，无论是他的胳膊还是课本，一律规规矩矩待地待在自己的阵营。

我恨死了河间，他一点不念邻居旧情，每次都把我扎得泪眼婆娑。

我要报仇！刚上小学一年级，别的同学都在努力地学拼音、做算数，上课时腰板儿笔直，老师提问时手高高举起。我却始终只能紧绷神经，防止被扎的同时狠狠瞪着眼睛，无时无刻不在寻找报仇的机会。

终于，机会来了。

那是一堂自然课，脾气最凶悍的体育老师兼任自然老师。那节课讲的是加热高锰酸钾稀释液，观察变化。一听说要使用明火，大家一窝蜂地往前凑。火焰最有趣了，跳动着、明亮地散发无穷无尽的温暖。这么有意思的火，爸妈却不准许我们玩。谁知，我们竟能在课堂上一睹其芳容。

半个班的同学都兴致昂扬地围在讲桌旁。自然课如此受欢迎，老师似乎很满意。

其实大家的兴趣点和老师想象的不同，当然，这一点老师不需要知道。

"注意看，我要点火了。"老师一定是新手，用火柴点燃酒精灯的时候，手竟抖个不停。

当火焰终于跳动起来，河间的下巴颏垂到了胸膛上。当高锰酸钾溶液冒起气泡时，一丝晶亮的口水顺着河间的嘴角流到课桌上。

在河间完全睡熟的情况下，他的右手，竟不知不觉搭到我的座位上。

我的脑袋一阵明朗，双眼大概已泛起绿光。被欺压、奴役了这么久，翻身做主人的时候终于到了！

我从铅笔盒里翻出削得最尖的 2B 铅笔，趁着大家的注意力都被酒精灯吸引，一串深绿闪过，伴着跃动的火焰、升腾的气泡，正在熟睡的河间发出杀猪般的惨叫。

我得意忘形地看着他，这可不怪我，我们早已约法三章，这是河间自找的！

我实在太得意、太忘形了，居然忘记河间小时候凭什么闻名遐迩！有段时间没听见他的哭声，我竟将那绕梁三日的魔音忘得一干二净。

平地一声雷，河间抚摸着手背上的黑眼儿，如受伤的动物一般嗷嗷恸哭起来。

这……这不公平啊！我不知所措地瞪着河间。他扎了我那么多下，我都没哭。我就浅浅扎了他一下，他怎么就哭了呢？他凭什么哭啊？

没有人再去看自然老师和高锰酸钾溶液，几十道目光唰唰唰向我们投来。

我有点慌了，偷偷碰河间的胳膊，叫他闭嘴。他沉浸在尽情的哭泣中，对我置之不理。

自然老师正在兴头上，好端端的自然课被河间毁了。自然老师也是一鸣惊人的那种人，跟河间不同，他胜在脾气暴。

"哭什么？正在上课不知道啊？"一记重拳砸在课桌上，酒精灯旋转两下，竟猛然倾倒。酒精洒了一桌面，轰地一下，整张课桌燃起大火。

远处的我们，犹如观看现场魔术，只见白光一闪，火焰震天。近处的可惨了，一声声号叫接连传来。河间的哭声夹杂在号叫中，竟丝毫没被埋没。

比学生更慌乱的莫过于自然老师，情急之下，他竟忘了酒精灯的操作规范。他大嘴猛吹，火势霎时暴涨。近旁的一个女生尖叫着捂住额头，把手拿开时，只见眉毛全光，该生长眉毛的位置只剩两道红红的伤疤。

火灾最终被闻声而来的几个老师合力扑灭。问清事情原委，教导主任罚我和河间用拼音写检讨、请家长，向被燎了眉毛的女生进行赔偿。在眉毛没长出来之前，可怜的女生只能每天顶着两条画得很潦草的假眉毛来上学。她的毛囊受损了，过了好久，眉毛仍旧稀稀落落，看上去十分不协调。

当然，积极性颇高的自然课老师也被贬了职，从此只能一心一意教体育，再也没摸过文化课这条康庄大道的边儿。

许多次，他在操场上体育课时，我和河间路过，便远远躲开。不管用！两道利剑般可怕的幽怨目光依然毫不留情地刺向我们的后背。

我埋怨河间："都怪你，被扎一下就哭，比女生还娇气！你要不哭，这火灾能引起来？老师还好好地教着自然课呢！"

"怨你！"河间不甘示弱，"知道我会哭还扎我，跟我一般见识，你傻不傻？"

因为哭泣引发了一场火灾，刚上一年级，河间就在左右的班级中有了名气。再加上他从小便以哭声闻名整条街，有同学将河间把邻里哭成神经衰弱的事迹传到了小学。一时间，整个小学低年级段的同学和老师都知道一年级（3）班有个河间。特长，善哭。

好吧，我承认那个传播小道消息的，是我。

其实这两年河间不是不哭了，只是次数变少了、声音降低了。承重墙并非百无一用，他在家里哭只有河间爸能听见。

令我惊讶的是，小学校的学生、老师仿佛都见不得眼泪，生怕河间哭。河间一哭，很多问题竟迎刃而解。

我亲眼所见，有一天早晨上学，河间忘戴红领巾，在校门口被执勤的高年级女生拦住了。没戴红领巾会被扣分、给班级抹黑的，那个女生一看就是班级干部，佩戴着红袖标，颇有居委会大妈的派头。她一妇当关万夫莫开，铁臂在前，只要脖子上没有红色，谁都休想过去。

"姓名、班级。"女生掏出小本本儿，乜斜着河间，语带不屑。

河间摸着空空如也的脖颈，傻了。

"姓名！班级！"人流匆匆，河间耽误她执行公务。女生急了，语气变得生硬。

河间嘴巴一歪，哭声从嘴里蹿出来："姐姐，我就这一次，别记我的名字……"

女生手一抖，吓得花容失色。执勤这么久，她一定见过耍赖的、耿直的、满不在乎的，就是没见过哭鼻子的。在滚滚流向校园的人潮中，驻身哭泣的河间多么醒目，不一会儿，教导主任也不住地朝这儿侧目。

"就这一次，下不为例。"大概担心自己被教导主任训斥，女生向校园方向挥舞着小本本儿，"走走，赶紧走！"

河间擦了一把鼻涕，点头哈腰，推着我向教学楼走去。那一天，我总觉得脖颈有点黏糊。

第二次是在上课的时候，见证人是全班同学。班主任正挨个儿检查语文作业，教室后面站着一溜儿低垂的脑袋。轮到河间了，如我所料，作业本啪地被拍在课桌上。

"为什么不写作业？"班主任虎视眈眈，"站起来。"

河间哆哆嗦嗦地站起来："老师，我病了……"

"病了？不是这病就是那病，一天到晚不干正事儿光病着玩了！"

"老师，河间真病了。"我试图为河间辩解，却迎来劈头盖脸的一通训斥，"你闭嘴！还不知道你的作业完成得咋样呢！要是跟河间一样，我再收拾你。"

班主任正在气头上，我无辜受牵连。

挨了训，我还没说啥，河间却梨花带雨地哭起来了："老师你别说她。老师我真病了，感冒、咳嗽、发烧……"河间脸憋得通红，似乎想硬生生挤出两声咳嗽。用力过猛，一声悠扬的屁曲折地从课桌下冒出来。

全班哄堂大笑，河间在杂乱的拍桌声中哭得天都黑了。

窗外人影闪动，隔壁班的老师趴在窗上瞧热闹。

兴许是怕同事误会自己虐待学生，班主任心烦意乱地叫河间坐下了。

轮到我了，瞧热闹的老师也走了。果不其然，我的作业本也被班主任拍在课桌上："一个女生，写着一手狗爬字，好意思吗？"

我计上心头，想学着河间的样子咧嘴，班主任猛地扳住我的肩膀："打住吧！哭？你能像人家河间那样哭得响？哭得长？哭得有架势吗？"

我自觉地拎着作业本向教室后面低垂的脑袋们走去。

我回过头，河间泪迹未干，怪模怪样地做着鬼脸。用口型无声挑衅，那是我们刚学会的成语——东施效颦。

让河间声震学校的一哭发生在小学四年级。

那是一个春天，和树上初绽的枝叶、钻出地洞呼吸的小虫一样，有个混混正在我们学校周围蠢蠢欲动。

据见过的同学说，那个混混只有十几岁，但面相老，嘴唇周围一圈黑，长得牛高马大。他应该老早就不上学了，不知在社会上游荡了多少年。乍暖还寒时，竟盯上我们这些小学生。

和无数影视作品演的一样，他会在天黑以后，趁着学生放学，在我们背后搞偷袭。如果不慎走到人迹罕至的地方，一定要提高防备，不知何时，会有一个硬硬的东西猛然抵着你的后背，然后传来恐怖的声音："快把钱交出来。"

有人说，混混的凶器是刀；还有人说，是枪。

已经有十几个小学生被抢，胆子小的，吓得大病一场，一周没来上学。

学校为此专门召开大会，校长振臂高呼："就算抢了一块钱，那也构成犯罪了，能判刑！学校专门将老师编成小组，保护同学们的安全。有谁发现线索，一定要立即汇报！"

每天放学，教导主任和教过自然课的体育老师都带领一队男老师在学校周围巡逻。虽然没抓到混混，幸好也没发生抢劫。

那一天是阴天，班主任又留堂，我和河间结伴回家的时候，天上丁点太阳光都瞧不见了。

走到隐蔽处，我无端总觉得身后有脚步声，心跳得厉害。我怯生生地催促河间，他依然慢吞吞的。冷不丁地，一个硬邦邦的东西顶着我的脊梁，我微微偏头，只见一只黝黑的巨手狠狠抓着河间的臂膀。

"别吭声，交钱！"

我的脑袋一片空白，裤裆里一阵温暖。

河间咧开大嘴，哭得撕心裂肺："大哥，别杀我。我没钱啊！"

混混急了："我不杀你，你把钱给我就行。"

河间的眼泪成串往下落。

混混都快哭了："我不要钱了，你别哭了成不？"

哭声遮蔽一切，此刻河间哪还能听见别的："我没带钱啊！你抢别人去吧！"

黑暗中传来纷乱的脚步声，河间的哭声把巡逻队引来了。混混大呼不妙，趁势要逃。一道黑影飞身上前，体育老师将混混重重压在了身下。

混混抓住了，多亏河间的哭声。学校召开表彰大会，邀请河间上台和体育老师以及一众男老师一起接受嘉奖。

在几千双眼睛的注视下，河间笑嘻嘻地接过奖状。体育老师看了他一眼，两人一笑泯恩仇。

男老师均已下台，校长心血来潮，让小英雄留步，请他讲两句。偌大的舞台上只剩河间，再也没有男老师分散大家的注意力，几千个学生像正在打磨牙齿的野兽，河间红苹果般的脸霎地变得煞白。

如果是我，一定是怯场得昏死过去。这么想着，果然，当河间接过话筒，眼泪无声唰地流下来。

全场哗然。

校长和善地鼓励河间："同学，不要紧张，抓住了坏人，你有什么心得想跟大家分享？"

心得？哪有心得！我冷笑着，还不是因为他会哭，最终歪打正着。恍惚中，我竟听见我的名字，同学们齐刷刷地看着我。

河间顶着浓重的鼻音说："其实，我的同桌也在场，多亏她平日对我的鼓励，才能叫我抓住坏人。"

我笑成一朵花，身子不好意思地往下出溜。

河间继续说："如果她不是被吓得尿了裤子，现在站在舞台上的应该是她。"

我嗷的一声大叫，假如不是被班主任严厉的眼神吓退，我一定冲上台，跟河间拼个你死我活。

听老爸说，河间用哭声将混混送到看守所的事迹传到了他爸开的啤酒屋，几个工友张罗着给开了场庆功宴。

大家兴致很高，河间爸破天荒让河间舔了一口啤酒沫。河间不胜酒力，在他爸的怀里昏昏睡去。酒足饭饱，一个工友望着熟睡的河间，开玩笑："这小子，哭出本事了！长大了不愁没活干，红白喜事都能哭出名堂，你们信不？"

　　大家嬉笑着点头，因为是玩笑，谁都没当真。哪料河间爸不乐意了。他大概喝高了，满面通红，青筋暴起，抄起啤酒瓶上前招呼："我们河间，以后是要做大事的。你敢咒我们？"

　　开玩笑的工友赶紧从桌上拿起一件玻璃的东西自保。

　　工友们七嘴八舌地劝河间爸要冷静。河间爸气喘吁吁地从面色苍白的工友手里夺回那件玻璃的东西。

　　爸爸说那是一个玻璃相框，里面装着河间小时候跟他爸妈的合影。

　　这件事让我们震惊很久。总之，河间和河间爸都不是好惹的主。

　　小学毕业，我和河间直升本校初中部。令我庆幸的是，我好歹不再和河间一个班，噩梦般的小学时代终于结束了。

　　随着年龄增长，我和河间尝试着和平共处。某个课间，他跑到我们班教室门口找我。

　　眼前的河间用脚尖在地上画圈，就是不说找我干什么。

　　我急了："再不说我就回去了！"我随即意识到自己的语气有点凶，小心翼翼地看着河间，生怕他掉眼泪。

　　河间红着脸在我耳边吹气："帮帮忙，我……我看上了一个姑娘……"

　　"啊！"我大叫一声，只见那张脸越涨越红，才知道河间不是开玩笑，连忙压低声音，"怎么帮？"

"帮我……写情书……"他饶有意味地看着我。从小我作文写得好，现在终于派上用场了。

河间偷偷向我指了指那位女主角，跟我们同级不同班，黑发一泻如瀑，半张脸都被盖住了，看不出哪里好看。当然，也可能是朦胧美，或者是河间已经把眼哭得不好了。

我把最流行的歌词和甜言蜜语乱炖成一封肉麻的情书，在河间采取行动的时候，主动跟在他身边加油打气。其实，我更想知道那女生能否被我的文笔感动得一塌糊涂。

河间把那女生从班里叫出来，眼睛都不敢看人家，一直盯着地面。河间说明来意，把情书递上去。

"河间？你就是河间？"女生笑起来。

河间点点头。

女生把好几个女生招呼过来，几个人像在动物园观赏猩猩似的看着河间。

"你是不是很能哭？你的事迹我们都知道！"

我逐渐觉得这事有点变味儿了。

谁知，长发盖脸的女生把我写的情书丢到一边，从自己的座位上取来一个空水杯："你多久能把水杯哭满？"

河间的脸红一阵白一阵，女生们笑成一团。

"不好意思，总哭的男生实在不够'爷们儿'，我不喜欢。"

河间明了，立刻转身离开。走到一半回过头，用我从没见过的"爷们儿"眼神瞪着女生们，女生们都不敢笑了。

河间大概受刺激了，打那以后，变得沉默寡言。听说他每天说的话不超过三句，我再也没听过他哭泣的传言。河间拼了命一样啃教科书，初一时就将初三的课程全部自学完毕，次次大小考都是雷打不动的年级第一。小学时他只是学习尚可，谁知初中摇身一变，成了不知疲倦的学习机器。

河间再次成名，这次不是因为哭泣，而是他稳坐第一的宝座。

不知长发女生后来是否后悔。

初二下学期，河间作为交换生去美国一所著名中学进行为期一年的交流学习。

从此，河间像天上的星星一样可望而不可即。家长们总是揪着我们的耳朵，夸河间这好那棒，他们已经忘了当年河间的哭声是如何扰民的。

河间爸开的啤酒屋也门庭若市，家长们总是挤在里面向他请教教育方法。河间爸整日笑呵呵的，脸胖了、腰也直了。一家三口曾经的合照被他摆在最显眼的地方。老妈甚至因为我当了河间六年的同桌而备感荣耀，向邻里不断吹嘘曾经我俩如何要好。

谁知，河间没在美国待满一年，四个多月就回来了。河间爸是在派出所里接到河间的。

陪着河间回来的是他在美国的老师，一个身材魁梧的洋老太太。见到河间爸，她叽里咕噜说了一大堆。河间爸一个词没听懂，望着河间发愣，河间也直愣愣地看着他。

警察告诉河间爸，下飞机以后，洋老太太询问河间家庭住址，河间牙关紧咬，一个字不肯说。没辙了，机场工作人员只得带两人来派出所寻求帮助。

警察说的话，河间爸一个字都没听进去。他一个劲儿抚摸河间的身子，焦急地喃喃自语："我儿怎么了？我儿怎么了？"

河间怎么了？河间哑巴了！

小时候的河间是个哭包加话唠，长大后变得少言是正常现象。可是一别四个月，河间像完全换了个人，瘦得浑身都是骨头，眼神呆滞、面庞发灰，指甲缝里都是泥，头发长得盖住耳朵。更可怕的是，他的脸上好似戴了一层面具，不会哭、不会笑也不会说话，脸颊两旁的肌肉时刻都绷得鼓鼓的。

在警察的劝慰和洋老太太的叽里咕噜中，河间爸搂着竹竿似的河间痛哭起来。

河间再次回到学校，他第三次震惊整个校园。

河间的同学直言教室里多了个机器人，还是没组装好的那种。

作业他从来不交，老师提问他也不答，要是有同学问话，他就直勾勾地盯着人家，脸上还有莫名笑意，让人心里发毛。

学习自然跟不上了，连基本的人际交往都成问题。有一回，河间不知怎么被小学部的"小傻子"盯上了。那小子是真的智障，长得嘴歪眼斜，同学做早操他蹲在沙坑旁撒尿的那种，老师从来不管。河间就像风筝一样，被"小傻子"牵着手，在操场上跑来跑去。一节课过去，大家才发现河间的座位空着，跑到走廊一看，河间还被"小傻子"控制着，穿梭在无数个比他低两个脑袋的小学生中。

爸爸断断续续从工友那儿听说了河间变成这样的原委。原来，那所美国名校高手云集，洋学生从小的学习方式和我们不同，考试试题自然新鲜。河间次次都吊车尾，次次都在宿舍哭得乌烟瘴气。长此以往，他的心理防线坍塌了。如果是小学时的哭包河间，自然不会变成这副样子。但现在的河间，好容易爬到金字塔顶，只摔一次，便粉身碎骨。

只要谈到"河间"二字，街坊们无不扼腕叹息。

河间爸索性叫河间休学，带着他求医问药，却收效甚微，啤酒屋也关张了好一阵子。

一天晚上，临睡前，隔壁忽然传来纷乱的杂响。我们静心听了一会儿，确定那是玻璃器皿砸在墙壁上的声音。

我们费了好大的劲儿才敲开河家的门。只见一地碎碗、杯盘狼藉，河间缩在墙角，双眼圆瞪，像撞见野兽。河间爸直喘粗气，猛然将一只碗砸在地上。

"河间，你哭啊，你给我哭啊！"

"老河，别这样……"我爸在身后抱住河间爸。

河间爸这个头发花白的汉子呜呜地哭起来。

一个周六清晨，我刚睡醒，楼下忽然传来一阵惊叫。

我趴在窗台上，只见七八个男人走进我们院儿，工友们抬着河间爸。他双眼紧闭，一半衬衫撩上去，露出白花花的肚皮。

我妈把门一推："出事了！老河死了！"

我立刻坐起，眼前发黑。

原来河间爸为河间烦心，一晚没睡，清晨出去晨练，不知是休息不够还是年龄大了，想在一棵树旁大解，刚蹲下，眼睛一闭，向后仰倒。

略懂医术的街坊说河间爸死于脑溢血。

楼下有许多街坊围在河间爸身旁，低语声连绵不绝。直到来到他身边，我仍觉得这是一场梦。河间爸就像睡着一样安详，他走得一定没痛苦。

人群忽然岔开一条缝，有人低呼："让一让，河间来了！"

河间被我老爸推着肩膀走过来，满眼懵懂。我爸说："河间，那是你爸爸，去看他一眼吧。"

河间面无表情地哼了一声。

我牵住河间冰冷的手："河间，勇敢点，跟你爸爸见最后一面。"

那一瞬间，河间的五官如冰雪消融般活动起来，一层无形的壳从他的脸颊剥落，他的表情风云突变："爸！"河间发出惊天动地的嘶吼，踉跄着向河间爸走去。

我妈噙着眼泪，欣慰地说："河间终于哭了。"

谁知，躺在地上的河间爸猛然坐起，仰天长啸："河间，你好了？我就知道这招管用！"

胆小的女街坊来不及发出呜咽，软绵绵地向地面倒去。

河间恢复了正常，河间爸很高兴。他在啤酒屋大摆筵席，请出力的工友吃饭。

河间还是寡言，不过已经能跟人正常交流。河间爸希望他恢复到小时候的状态，他似乎喜欢河间哭。

河间爸允许河间喝了一杯啤酒，河间不胜酒力，趴在饭桌上沉沉睡去。

河间爸望着熟睡的河间，对我爸妈说："这小子从性格到长相都像我，唯有一点像他妈妈，爱哭。他妈妈第一次和我见面的时候，被一只蟑螂吓得又哭又叫，我想姑娘咋这么可爱。后来他妈妈走了，把一样东西留在我身边，就是河间的哭声……"

那天晚上，他们聊到很晚，末了我还是不知道河间妈究竟去了哪儿。

　　昏黄的灯光照耀着白沫，啤酒的波纹在玻璃相框上荡漾。相框里泛黄的旧照片上有河间一家三口模糊而永恒的笑脸。

　　这绝对是我这辈子见过的最美的画面。

碑

父亲怕雨。在他年少时的记忆中，每当暴雨来临，薄雾浓云层层堆积，黑暗提前降临，电闪雷鸣比雨滴提前带来讯号。在他风雨飘摇的卧室里，墨汁一般的黑暗和惨白的亮光轮番登场，忽明忽暗中，地面摇晃起来，天花板摇摇欲坠，墙壁无限向中心挤压，树影映在墙上，仿佛无数个张牙舞爪的鬼魅。大雨降临前的土腥气，对父亲而言，蕴藏着一种压抑的肃杀。

"婆婆！"父亲努力把卡在喉咙的酸水咽下，"婆婆！"父亲尖细的声音如穿透墙壁的利剑。

"来了，小儿别怕。"大雨虽来势汹汹，震天动地，房间那头，婆婆的呼唤却像一件薄袄，轻轻地、轻轻地盖在父亲背上。

父亲降临在一个雷雨交加的夜晚。

那会儿奶奶初参加工作，积极性颇高。尽管孕肚已经老大了，她每天还担负着两人的重量东奔西走，指导村民生产。老人们都劝她："你怀着孩子别忙活了，当心出问题！"

奶奶不肯听。那个年代，个人利益永远置于集体利益之后。一个午后，奶奶正在一户人家传授嫁接方法，剧痛突然袭来，奶奶冷汗涔涔，顺着葡萄架软绵绵地滑倒在地上。

包村的干部要生产了，这家人主动提供床位。接生婆来了五六个，窄小的卧室转不开身。奶奶本来瘦小，众目睽睽下更是使不上力气。

这些接生婆中有位老婆婆强势地将妇女们赶出去，她温柔地抚摸着奶奶疼得发黄的脸颊："你还记得俺不？"

奶奶点点头。

"要不是你催着俺把羊送到防疫站，它早就死了、炖汤了。"

奶奶疼得连点头的力气都没有。

"所以，你得相信俺，俺一定顺利地把你的孩子接生出来。"

父亲头大，奶奶和老婆婆从日落时分忙活到月上枝头。

不知雨何时降临的，冠县多雨，雨大如注，房顶、屋檐和窗框一个劲儿咚咚作响，在屋里都听不清彼此说话声。正当老天爷起劲儿地用瓢将雨水洒向人间时，父亲终于降生了。他屁股挨了一巴掌，他像车喇叭一样用力啼哭起来。老婆婆剪断脐带，用热水擦拭父亲的身子。她将他抱到奶奶身旁，笑得满脸褶皱："瞧，是个带把儿的。"

产后第七天，奶奶响应工作召唤，还没出月子就裹着头巾，战士一样一往无前地前往下个村子。

她无暇照顾父亲，只能将他留在冠县一户孩子还没出满月的人家代为照管。

不知父亲后来怕雨的缘由是什么。大概源于他降生那夜的大雨倾盆，大概源于奶奶离开那天的细雨蒙蒙。人年纪再小也有记忆，对未知的恐惧填满了天潮地湿的日子，导致他长大很多年后，都无法摆脱雨留下的恐怖记忆。

奶奶对整个村子有大恩，可是均分到每家每户，就小得不能再小，小得不值一提。

父亲寄人篱下，为了获取奶汁，小小岁数不得不低头。父亲在襁褓中几乎不哭闹，整日咽着没牙的嘴傻乐。他怕惹人厌烦，拼尽全力博取喜欢。人家高兴了，会在奶完孩子以后，将仅存的丁点奶水分给父亲。否则，父亲只能喝到奶奶寄来的，无滋无味的藕粉或代乳粉。

怪不得人家，那年月吃顿饱饭都是奢望，更何况用奶汁喂饱两个孩子？

尽管父亲每日为获取可怜巴巴的一点奶汁努力着，他还是像一只漏气的橡胶玩具，日渐干瘪、消瘦。

那位接生的婆婆与父亲重逢那天，她正牵着羊去吃草，恰好经过那家人门口。正是夏天，院门大敞，小风穿堂，那对夫妇外加一个老妪齐齐坐在门口逗弄怀里的孩子。婆婆打了声招呼便掠过去，没走多远又踅了回来："你们咋只带着自己的孩子乘凉，小儿呢？"

孩子妈歪着脖子，不言自明，蒸笼般的卧室中传出父亲微弱的哭闹。

婆婆将羊绳一甩便冲向房屋，父亲已从襁褓中挣出来，哭得撕心裂肺。他脖颈沾着炕上的黄土，灰黄的身子蜷曲着，如一块脱水的面团。

婆婆抱着父亲兴师问罪："这孩子你们能养就好生养，不能养干吗不托付给别人？"

"不能养、不能养，"孩子奶奶怏怏地摇着脑袋，"不是自己的孩子，不亲！大人连饭都吃不上了，哪有多余的奶水喂孩子？可是，领导的面子又不好拂……"

"你们养不好，我来养！"婆婆气得跺脚，厉声喝道。

人家的孩子被婆婆的粗声大气吓得嗷嗷恸哭，父亲却抓着小羊脑袋的茸毛，嘿嘿傻乐。

婆婆将父亲带到身边不久，恰逢爷爷奶奶进城开会，路过村子。那时父亲仍饿得面黄肌瘦、肚子肿得像面鼓。婆婆将藕粉和代乳粉通通塞给爷爷奶奶，叫他们路上补充营养。婆婆虽没奶水，不怕，她有那只被奶奶救下的小羊。

三天后，会议结束。再见到父亲时，爷爷奶奶不敢相信自己的眼睛。父亲像一只吹足气的气球，鼓囊囊地胖起来。他脸上有了血色，连偶尔哭闹都变得底气十足。

漫山遍野的青草食之不尽，小羊的奶取之不竭。父亲再也不用争抢、不用可怜巴巴地祈求丁点奶水。爷爷奶奶放心地把父亲托付给婆婆。

父亲童年生活以小羊为圆心画圈，除了睡觉，他从没离开过小羊半步。父亲也曾闹着让小羊上床，想搂着它睡觉，被婆婆打了屁股才作罢。从牙牙学语到蹒跚学步,父亲整日环着小羊的脖子,亲手拔草喂它。有时饿了,他直接钻到羊身底下,捧起暖烘烘的奶头,一顿猛吸。小羊一动不动,即使父亲冒牙以后没轻没重,会把它咬得不停战栗。

小羊跟父亲也亲,只要瞧见父亲,就会用脑袋温柔地一通乱拱。从山上吃草归来,如果院子里见不到人,小羊就不停叫唤。直到父亲捉迷藏般出现在门口,小羊才舒服地抖索耳朵,温驯地继续吃草。

他们放羊也是一景,婆婆在前,拽着羊绳,小羊不情不愿地一走一梗,父亲骑在羊背上,如睥睨天下般俯视芸芸众生,大头大眼,露出一副帝王般骄傲的样子。

别的大孩子眼馋,趁小羊吃草之际,抓着它的颈毛,一步跨上羊背。小羊不干,大发雷霆,疯牛一般上蹿下跳、东颠西跑,直到将大孩子狠狠甩下。见那顽皮孩子脸着地,摔个狗啃泥,它才安然地继续吃草。

大孩子的妈带着大孩子上门问罪,指着孩子脸上的疤讨说法。

婆婆幽幽道:"这是羊,不是牛,谁让他骑的?"

孩子妈指着父亲:"为什么他能骑?"

"因为羊通人性。羊知道小儿他娘救过它,羊也把小儿当恩人。羊都知道的事儿,人能不知道?"

大孩子妈满面赤红,哑口无言,因为奶奶也向她传授过种植技术。

　　村子挺小，巴掌大的地儿，从东走到西不消二十分钟，满打满算二百号人，往上算几代是同一个先祖，人和人之间或近或远都有血缘关系。一条长街横贯东西，几十间瓦房靠这条街串联，镶嵌在长街两侧的矮门低户一字排开，如同一条血脉将家家户户紧密联系起来。

　　为便于排水，长街的地势低于两侧房屋。夏季雨水泛滥，毗邻村子的黄河故道屡次决堤，雨下得昏天黑地，下得土腥四溢。水流穿透房屋间的空隙，和泥污浑浊的黄河水一同汇入长街。久雨初晴，长街变成一条亮堂的长河，一尾尾鱼在泥沙中穿梭，将已经被分割成无数块的阳光击得更碎。全村的姑娘小伙都在河边扎堆摸鱼，男的打赤膊，女的将短裤挽到大腿根。河水最深不过膝盖，大人带着小孩，小心翼翼走向河中央。小孩爸卖着关子："小心、小心，鱼来啦！"小孩紧张得双眼瞪圆。小孩爸扑通一声扎进河里，水花飞溅过后，他兴高采烈地炫耀着猎物，小孩的笑容没了，小孩爸才发现自己举着一块石头。

　　长街满水后，婆婆催促父亲去摸鱼。婆婆忙于家务，没空陪伴父亲，羊便代替她的位置。

　　说来奇怪，羊绳只有落到父亲手里，小羊才不梗也不跑，始终顺当地走在父亲身边，时不时用脑袋温柔地蹭蹭父亲的肩头。

　　潋滟的水光一映入眼帘，父亲立刻把小羊抛到九霄云外。羊绳不知被扔到哪儿，他将自己脱得赤条条，拎着小铝桶冲进长河。

　　父亲手小，既没工具，也没帮手，十次有十次失手。有人心善，

碑

给了父亲两条食指大的鱼苗,父亲兴奋地像小狼一样号叫。不知不觉,日上三竿,阳光刺背,村民已走得七七八八,父亲的叫声在空荡荡的河面上回荡。父亲拎着小桶,鱼苗在里面不甘地跳跃,他觉得一阵寂寥。父亲忽然想起被自己冷落半天的小羊,回头一瞧,小羊正在岸上定定望着他,半步没挪动,如一只老狗,坚定地守卫着他,连他的衣服都被它护在身下。

父亲湿淋淋地上岸,摸摸羊头,小羊发出一声温柔咩叫。

其实根本不需要羊绳,小羊也能顺当地跟着父亲回家。走了一会儿,小羊却停住了,前蹄碰着羊绳,坚持让父亲牵它回家。

婆婆将父亲忙活一上午的成果下锅油煎,煎得鱼皮焦黄、外酥里嫩。父亲和婆婆分享一条,剩下那条被父亲拎着逗弄小羊。

"小儿别胡闹,羊不吃肉。"婆婆话音刚落,小羊把鱼痛快地吞进嘴里。

父亲和婆婆惊奇地面面相觑。

傍晚,父亲拉着羊绳出门放羊,小羊却僵在原地不肯动。它在父亲腿边蹭来蹭去,父亲感到腿肚一片潮湿。当父亲蹲下查看时,它直接将温热的乳头送到他嘴边,乳白的奶汁点点滴落土地。

"婆婆,"父亲震惊大叫,"羊又有奶了!"

这一年,父亲六岁。他已经五年多没有趴在羊身下吮吸羊奶了,小羊奶汁接近枯竭。他们之所以继续喂养小羊,是因为它曾将父亲哺育长大，它已经成为家庭不可或缺的成员。

婆婆年轻时曾在西安做纺织工，有过一个男孩。男孩叫"小满"，婆婆和大爷喜欢得不得了。小满三周时，不知为何患上腹泻，打针吃药都不管用，泻得天昏地暗，泻得水米不进，身子都泻干了，最后泻出来的只有血。

小满最后没活下来。

婆婆伤心欲绝，几次哭得昏死过去，醒来以后，目之所及，哪哪儿都是小满的影子。婆婆受不了，从西安回来了。而大爷没回来，大爷把手表给了婆婆，从此再没回过家。

巨大的男士手表在婆婆干瘦的手腕上晃荡，像一只碟子绑在一根树枝上。

好在婆婆的手艺没丢。入秋，小羊开始褪毛。婆婆搂着羊脖子薅毛，小羊不老实，婆婆几乎骑到羊身上，小羊一边被薅毛一边驮着婆婆在院子里转圈。小羊走到哪儿，身后一串小雪，父亲不住弯腰，尽力捡起每根被遗漏的羊毛。

小羊在寒风中瑟瑟发抖，婆婆心满意足地看着通过斗争换来的小半袋羊毛。

这些又碎又扎人的玩意儿，最后变成父亲脚上的小袜子、头上的小帽子、脖上的小围巾，全都柔软舒适。父亲不忍心看着小羊受冷，物归原主，围巾在羊脖上缠了好几圈。

　　父亲牵着小羊出门拾柴火，村民如同看到西洋景，指点着围围巾的小羊说说笑笑。父亲觉得这是在夸奖婆婆的纺织手艺高超呢！

　　父亲头上顶着白帽，就像一只四处滚动的雪球，在村里特别显眼。某天，一个大孩子半路杀出来时，父亲正拨开落叶给小羊找草吃。

　　"帽子不孬啊！"大孩子眯着眼睛笑着说。

　　"婆婆给我织的。"父亲骄傲地挺起胸膛。

　　"连羊都有围巾……你瞧我，冷得不行了！"父亲还没明白过来，大孩子忽然飞身上前。父亲眼疾手快，急忙扯住围巾另一端。在漫长的拉锯战中，小羊两面受力，四蹄乱动，憋得发不出声音。父亲终究敌不过大孩子，跌倒在地上。在围巾将被抢走之际，父亲发出撕心裂肺的大吼。

　　大孩子没敢硬来，围巾保住了。

　　父亲满手擦伤，搂着小羊呜呜直哭。不是因为伤口疼，而是因为小羊被勒得叫声都变了。

　　父亲回家，哭着向婆婆告状。奇怪的是，这一回婆婆不肯替他报仇。

　　"小儿，你长大了，你以后会成为一个男人，不仅要保护自己，还要保护家人，"婆婆小心翼翼地往父亲的掌心涂紫药水，"这么着，他要是再欺负你，你就搬起石头吓唬他，看石头硬还是他的胆子硬。"

　　后来，那个大孩子再次来犯。围巾在寒风中飘荡，大孩子一言不发上来抢夺。父亲嘿呦一声从地上抄起一块拳头大的石块。大孩子惊骇得连连后退，没来得及逃跑，大石块迎面砸来，大孩子如倒栽葱，仰面倒在小羊蹄旁。

大孩子的爹妈上门讨说法，大孩子脑门上鸡蛋大的包把婆婆吓坏了，要是把人砸傻了可怎么办？

"不是让你吓唬吓唬吗？你干吗砸人家？"婆婆厉声诘问父亲。

"上次挨了他的欺负，叫我窝囊得不行。这次我一生气，脑袋就空了……"父亲更委屈。

念在爷爷奶奶的干部身份，除了道歉外，婆婆还寥寥赔了一点医药费，这件事便算了了。

不久以后的一个晚上，村委会在黄河故道枯水后的空地上建起露天电影院，组织大家看电影《地道战》。全村男女老少都去了，人们摩肩接踵、熙熙攘攘，比过年还热闹。

电影很晚才结束，孩子们已经睡得人仰马翻。父亲不住地打哈欠，婆婆问他："电影不能白看，给我说说你学到了什么？"

父亲嗫嚅着，婆婆只好替他说："武力是用来对抗敌人、抵御侵略的是不是？对待乡亲、朋友得像春天一样温暖，就算他犯了错误，也不能用武力对付他对不对？"

父亲点点头，婆婆摸摸父亲的脑袋。

电影散场了，父亲、婆婆和小羊跟其他村民一起走在回家的路上。

碑

父亲实在困得撑不住了，婆婆才将他背在背上。背得累了，就让小羊驮一会儿。一家三口走进连风都吹不散，比麦芽糖还黏稠的雾气中。

冬天来了。

1976年，父亲十岁。

那是一个普通的夏夜，婆婆赶羊入圈，在厨房剁着明天要包的饺子馅，空中弥漫着韭菜香。父亲一连打了数十个哈欠，他吹熄油灯，准备上床睡觉。

小羊毫无防备地闹腾起来，在窄小的圈中又踢又叫。羊也十岁，已经是一只懂规矩的老羊，它以前从没这样。父亲的睡意消了大半，和奶奶一起去羊圈一探究竟。圈门刚开，羊就蹿了出去。整座院子成了它的圈，它四蹄用力踢踏着地面，扬起无数尘土，咩咩的叫声震数里。

婆婆和父亲合力赶羊回圈，却推不动，它力大如牛。羊用父亲从没见过的可怕眼神盯着他们，父亲和婆婆不敢再轻举妄动，生怕它咬人、踢人。

羊疯了！

婆婆和父亲实在没精力耗下去，准备回屋睡觉，明早再处理。谁知两人前脚进门，羊便像一截坚固的硬木，不知疲倦地用脑袋疯狂顶门。眼看老旧的木门摇摇欲坠，两人没办法，只好坐在庭院中陪伴羊。

婆婆说，羊可能老糊涂了，父亲心里挺难受。

奇怪的是，当婆婆和父亲站在庭院中，羊竟不再折腾，它安静地看着他们，双眼像黑暗中的星星。

当父亲靠在婆婆肩上，即将昏昏睡去时，冷不丁地，村中的狗忽然一同吠叫起来。那阵叫声像在村中央引燃了威力巨大的炸弹，房屋怕冷般剧烈哆嗦，脚下的地面隆隆作响，仿佛藏在地下的什么东西想破土而出。

婆婆和父亲被剧烈的力道震得东倒西歪，轰隆巨响传来，只见结构松散的羊圈彻底垮塌，稻草和木条搭建的屋顶整个掉落在地。房屋墙壁上出现无数道树杈状的裂纹，不时有瓦片从房顶滑落。

震颤结束，父亲和婆婆相互搀扶站起来。羊凑上前，温热的鼻息喷在父亲的脸上。父亲后怕得一直颤抖，满头大汗。

原来，羊提前预感到地震，它折腾得天翻地覆，就是为了将婆婆和父亲从屋中引出来。

那夜余震不断，父亲和婆婆自然不敢回屋休息。两人担惊受怕地回去抱被褥，只见粗大的横梁完全掉落，看似坚固的橱子被砸得四分五裂。

如果没有羊……他们不敢想象后果。

天当床、地当被，震颤声仿佛是来自大地的呼噜。父亲的左边，婆婆为他打扇赶蚊子，父亲右边，静静卧着羊。

父亲想起小时候为了让羊上床和他睡觉，他曾挨了一巴掌。如今美梦成真，他禁不住笑出了声。

这不是羊第一次救父亲。父亲刚会跑时，婆婆杀鱼，将半透明的鱼鳔绑在树枝上做成玩具。父亲举着小气球一样的鱼鳔在村里招摇过市，引来一帮狗紧紧跟随。父亲举着鱼鳔飞跑，狗们追得很紧。父亲又哭又叫，羊从半路截过来，横着挡住父亲。

狗们被羊的气势吓住，虽一直跟着，却不敢抢夺鱼鳔。

羊护送父亲，直到婆婆出现，将狗们赶跑。

一转眼这么多年过去了。

羊很老了，嘴巴一直机械咀嚼，却咽不下草料；每天只能卧着，没有站起来的力气。

以前照顾过父亲的那家人的孩子生了重病，身子弱得比风还轻，眼看只有出的气没有进的气了。那家人求婆婆将羊给他们炖汤煮肉，给孩子补身子。

婆婆思考了一会儿，也就同意了。

父亲了解自己的身世，死活不肯："她连奶都不给我喝，凭啥把羊给她？"

婆婆摇摇头："都是乡亲，都是亲戚。"

由不得父亲。到了约定那天，那家人来牵羊。婆婆将父亲锁进屋里，父亲又哭又骂、又踢又蹦，号叫得像一匹愤怒的狼。透过玻璃，父亲看着羊一梗一梗地被牵走，哭得快背过气了。

很神奇地，喝了羊汤，配合大夫开的药，那家的孩子没多久竟痊愈了。

婆婆劝父亲："小儿，别难过，羊在他身上活着呢！"

父亲不理婆婆。

好长一段时间，父亲都不肯跟婆婆讲话。

父亲上大学以后，很突然地，婆婆竟被查出癌症。

大二暑假的一个夜里，婆婆严肃地将父亲叫到卧室。

"小儿，婆婆很想劝劝你，以后和你爸妈好好相处。别因为从小他们没有养你，就对他们很冷淡。他们工作忙，迫不得已啊，哪有爸妈不爱自己孩子的道理？你小时候，有一回吵着要妈妈，你妈立刻从别的村子走了几十里路赶过来。可你见到她，一点也不亲。我把你从屋里抱出来，你指着羊圈又叫'妈妈'，才知道你要那个能喝奶的'妈妈'，你妈难受得都哭了。"

父亲正为婆婆的癌症四处求医问药而心烦意乱，没有听下去的耐心。

婆婆从褥子下面掏出一张存折："我没有孩子，只有你这个小儿，如果我没了，存折你得拿好……"

父亲粗暴地将存折塞回婆婆手里："说什么没了没了的，丧气不？"

碑

　　父亲从婆婆房间走出来，靠在墙上，无声哭着，豆大的泪珠像他出生那晚降落的雨滴。

　　婆婆身子骨硬朗，坚持配合治疗，没两年，体内竟完全检测不出癌细胞。

　　父亲结婚以后，一直赡养婆婆。逢年过节都和母亲回冠县探望她，吃穿用度从没让婆婆缺过。父亲和婆婆的故事曾被冠县的报纸报道过，在当地一度传为佳话。

　　我小的时候，父亲曾把婆婆接来住过一段时间。

　　我可以和父亲顺畅交流，婆婆也可以和父亲顺畅交流，父亲并不需要改变口音。可是我和婆婆互相听不懂也说不清。我曾疯狂迷恋一款网络游戏，手把手教她，她却小心翼翼，生怕把"又昂贵又高级"的电脑碰坏了。

　　这个老太太既奇怪又可怕，和我以前接触的老人不太一样。

　　她抽烟，烟瘾很大，没事就跑到阳台上抽两根。她右手食指有一块焦黄，牙齿黢黑，喉咙总是呼噜作响。她把家里搞得乌烟瘴气，我很不满。只要她偷偷抽烟，我就大喊大叫："奶奶，少吸两根。"

　　她笑着，安静地把烟熄灭，我以为她能听劝，不多会儿，阳台上又会飘来烟味。

　　婆婆喝酒，酒量很大。每次吃饭，父亲会为她倒满满一盅白酒。

她有滋有味地品完，脸上升起两团红晕，然后拉起父亲的手，念着我听不懂的方言。

后来，连蒙带猜，她的话我能明白七七八八。

有一回婆婆悄悄告诉我，年轻时她是接生婆没错，在父亲之前，她只接生过那只养了十一年的羊。

我一愣，和她一起大笑。

婆婆被痰呛住，边笑边咳嗽，我拍着她的背："让你少抽点烟吧。"

婆婆咳得皱纹丛生的脸颊挂起两朵红霞，宛如醉酒，像个卡通人物，生动可爱。

一个深夜，我在睡梦中听到遥远的手机铃声。一连串窸窣响动，迷迷糊糊中，父亲到我床边，哽咽地对我说："小儿，婆婆走了。"

我一阵心悸，连忙坐起，眼前发黑，地转天旋。

婆婆是在养老院走的，前半夜她从床上掉了下来，等值班护士发现，她已经没了呼吸和心跳。

三月最暖和的一天，我们一家人驱车前往冠县，为婆婆送别。

婆婆家里，曾经建羊圈的位置，用高粱秆简单建造了一座灵棚，她的棺材就放在灵棚里。

乡亲掀开盖子，婆婆如睡着一般安详，头发梳理得很整齐，面部也做了打扮。

　　一个乡亲把婆婆的遗物——存折、手表和一根泛黄的簪子交给父亲。

　　此时父亲才知道，当年人家把羊宰杀以后，婆婆曾讨来一根羊腿骨，请人磨成簪子，在头上一戴好多年。

　　父亲坐在地上，靠着棺材，指着屋前一个长满铁锈的炉子对我们讲："冬天的时候，每天早晨，婆婆先把棉袄烤热，再叫我起床穿衣。我爱吃烤地瓜，这炉子也做了不少贡献……"

　　我们都哭得七零八落。

　　过了午时，婆婆出殡。

　　父亲披麻戴孝，手捧遗像走在最前头。

　　绿芽在探头探脑的旷野上，多了两座碑。

　　矮的那座，埋着焦黄的簪子，碑上刻着"爱羊之墓"四个字。

　　高的那座，葬着婆婆，碑上也是四个字：慈母之墓。

　　父亲在两座碑中间坐了好久好久，婆婆留下的表，戴在父亲的手腕上，倒映着由晴朗变得暗淡的天光。

　　我轻轻拍拍他的肩："爸爸，咱们回家吧。"

　　父亲沉默不语，慢慢仰起头。远处，红红的日头如一张笑脸，天空永远深蓝。

　　我仿佛看到父亲小时候拉着婆婆的手，牵着羊绳，在正月十五那天去黄河故道旁的空地上放云灯。全村乡亲都在那儿，上百盏云灯浩浩荡荡、晃晃悠悠地飘起来了。乡亲们一声大喝，大家一齐追着云灯奔跑。婆婆一巴掌拍在父亲屁股上："小儿，追啊！"

父亲牵起羊，兴高采烈地追逐，争分夺秒，一往无前。

在漫长的时间中，短暂的那一瞬，父亲跑成了永恒的一点。

上百盏云灯各自发着光，如夜幕初上时渐渐出现的启明星，只短短一瞬，便照亮整片夜空。

我在天上

一

芥阳师范的男生们看惯了学生会副主席杨孜站在主席台上一本
正经做工作报告的样子，所以当她一脸兴师问罪的神情出现在男生
宿舍六号楼时，几个臀上只套了小内裤的男生都以为她是来突击检
查风纪的。他们双手捂了上边露下边，捂了下边露上边："哎哟，主
席你看这、你看这……"原本五大三粗的大老爷们瞬间娇羞不已。

杨孜却是不及旁顾，践踏着男性们的尊严，走路带风，留下一地
嗒嗒的高跟鞋声。

五零七。

门一推即开，芥阳师范的男生们没有锁门的习惯。

屋内三人有两人骚动起来，唯吐司岿然不动，眼不离屏幕，手不
离键盘。

"杨……杨孜……"赤罗慌忙给自己套上 T 恤。

阿白白抓过条肥大的短裤套上："大热天全光着，来也不提前打
招呼。"女朋友嘛，还是要象征教育一下，尤其对方是威风八面，号
令芥阳师范的学生领袖时，就更应该调教再调教了。

"出来说。"

"干吗？就在这儿说，我没啥事是哥们儿们听不得的，"阿白白一
脸凛然，"吐司，把衣服穿上，有女士。"

赤罗把一件T恤扔给吐司,正蒙在他头上。吐司一把扯到一边:"怕啥?被女士看两眼又不少块肉。再说我这一身肉,还怕少啊?"

阿白白厌烦地挥了挥手:"别管他,啥事这么急?说来听听。"

赤罗兜着长过膝盖的T恤凑过来。

"我们寝室又丢东西了!"

阿白白问:"这回丢了啥?"

"我们三姐妹,一人丢一百块钱!这贼损大德了,逮着我们寝室和隔壁寝室偷起来没够了。"

"啊!难不成是她?"赤罗的眼珠子快转出眼眶了。

"还能有谁?刚入校那会儿穿得那么土的一个人,这学期开始整天变着法儿打扮,不是很蹊跷吗?就你们男生会觉得白美是天仙,看人不会透过现象看本质。"杨孜翻了个白眼。

阿白白听得糊涂:"说谁啊这是?"

"一看你就是两耳不闻窗外事,敢情你以为咱学校的风云人物就你媳妇一个呀?连白美都不知道。白美,学校礼仪队的,一米七的高妹,盘靓条顺,爱穿高跟鞋,看男生都是这样的……"赤罗做了个轻蔑俯视的表情,"漂亮都还不足以成为话题,主要她那个高傲哟,和男生说话不过三句就要不耐烦,看人从来不用黑眼球。她也不跟别的女生那样三个一群五个一伙的,喜欢独来独往。"

但这好像也不足以成为她被怀疑的理由啊。

杨孜说："别人丢东西都是又喊又骂的，她在电视跟前坐得那叫一个沉着冷静。喏，就跟打 Dota 的吐司一样。好心问问她'你丢东西了吗'，她回你一句'我有什么东西好偷的'，头也不抬。可气不可气？冲她这轻狂样，也要怀疑她一下！人人都丢东西了，凭什么她不丢？再说，她最近的吃穿用度也的确大变样，哪怕她不是贼也肯定和贼熟！"

赤罗问："那你们怎么没报告保卫处？"

杨孜一屁股坐到阿白白的下铺上，沮丧地说："别提了，我还先被保卫处教育了一回。他们说我作为学生干部，首先不能把这些事情张扬出去，要注意学校声誉；其次要以观察为主，以证据说话，注意团结同学，不要制造小团体，不要搞分裂。我物质受损，精神上还要受打击，是不是得去查查星座运势了呀？"

赤罗冷不丁说："你知道针孔摄像头吗？指甲盖大小，随便藏哪儿都发现不了。你们一出门就开着它，想抓贼，可以试试。"

杨孜眉头舒展开了。

阿白白问："这样好吗？侵犯人家隐私啊。"

"抓贼要紧啊！这不是为了更好地保护自己的隐私吗？不然老被贼惦记着。大家的东西被乱翻，不也一样没隐私？"

这场头脑风暴为杨孜打开了思路，她满意地走了，她可是个说干就干、雷厉风行的人。

杨孜刚从门框里消失，赤罗和阿白白就恢复了半裸状态。

之前一直懒得作声专心打游戏的吐司幽幽地说："你们很不厚道。"

赤罗凑过去，兴致盎然地拍拍吐司肥肉摇晃的背："哟，我们还以为你钻进 Dota 里拔不出来了呢，原来留了一耳朵听漂亮妹子的故事呢。"

"带着偏见去怀疑别人，你们的判断会客观吗？况且，人家毕竟是女生，不管结果如何，这样的怀疑本身就会对她造成很多负面影响。"

阿白白挥挥手："仅从我们单方面的讨论，你当然容易感觉她是弱者，而长期缺妹子的你对她产生怜惜也是人之常情，啊哈哈。我看你应该尽快积累跟妹子相处的经验，切身感受一下她们的形态各异和心思复杂。来来来，说干就干。"阿白白说着就夺过吐司的笔记本电脑，连上了学校的 BBS："发个征友帖吧，省时间，效率高。"

吐司打掉他的手，说："别胡闹。"

赤罗哈哈大笑："脸红了！脸红了！"

阿白白说："我连自我介绍都帮你想好了。性别男，爱好女；优点资本雄厚，缺点宅。征友宣言：我等你，不来是你的损失。"

二

在外人眼中，"夏风"诗社集结了一群迂腐文人，每周打游击似的找间免费空教室散散酸气。

可是成员们不这样妄自菲薄，他们乐在其中。新任社长阿白白这枚石子投入其中，涟漪一圈一圈地荡漾，使它充满生机。

"夏风"的成员都记得阿白白闪亮登场的那天，那天几乎可以写进"夏风"历。他一步蹿上舞台，双手擎着话筒，做出一副拥抱世界的架势。当他开始朗诵，五官一齐活了起来，声声急又声声慢，最后声泪俱下，掩面哭泣。

台下早就被嗡嗡的议论声填满。

"这人读的是谁的诗？

"阿尔丁顿。"

"阿尔丁顿是谁？"

"不知道。"以往他们读读海子，读读席慕容、顾城就自觉高雅至极了。有时候心血来潮，他们还会读自己写的诗。自己的诗写得好啊，句句都有珍珠落盘似的回响。猛然间冒出一个阿白白，不仅读着他们连听说都不曾听说过的诗人的诗，还把自己读进去，读哭了，实在太高级、太牛 × 了。

阿白白第一次露面就把大家的自尊心踩在脚下，老社长退位后，新社长的位子自然就非他莫属了。

他接手诗社后做的第一件大事，就是凭借非一般广的人际关系，使"夏风"从自发的民间组织变成受学生会认证的半官方社团。所谓后台硬一切都硬，社员们的社会地位无端高了三分，活动场地问题也轻而易举地解决了，据说此事还给部分社员追妹子提供了正能量。

精明如阿白白，这样大费周章自然有他的目的。很快，凭借着一首歪诗，他攻克了学生会副主席杨孜这座难打的堡垒。大家这才知道他一直在下一盘大棋。

新一期朗诵会的日子恰逢学生会一年一度的社团考核，杨孜和"班子"成员一起来视察工作。阿白白以负责人的身份简单介绍了一下社团概况后，本来没他什么事儿了，谁知他"即兴"朗诵了一首《什么让你如此美丽》。他闭眼凝神，自我陶醉，忽然双眼怒睁、电光雷闪，简直可以悬到半空照亮全场。一贯作风强硬的杨孜哪见过这种文人骚客呀，顿时被镇住了。

接下来阿白白用最通俗的死缠烂打手法，轻易就把杨孜搞定了。

阿白白志满意得地搂着身着长裙的杨孜在校园里四处招摇，暖风吹起他的格子衬衣，里头的紧身打底衫勾勒出他瘦骨嶙峋的胸膛。他文艺地问："杨孜啊杨孜，什么叫你如此美丽呀？"

杨孜散发着令人咋舌的女人味："你呗。"

不过追到手了，阿白白才知道"铁娘子"也就是个普通女孩儿罢了。谈恋爱可不是只有精神生活的，原先一人吃饱全家不饿的阿白白，不知不觉就手头紧巴了。

赤罗说："女孩儿的本质嘛，还是物质的，粗茶淡饭久了，嘴巴就要噘起来。"

阿白白额头上涔涔冒汗。

赤罗好像很有经验似的："不要顿顿黏在一起吃，但是偶尔一吃就要吃西餐厅，绝不要吃路边摊；送礼物低于二百块的话，您还是绕道吧。"

阿白白鼻子里哼着冷气："别搞得好像自己什么都知道，不是所有人都见钱眼开的。"

"谁让你给她见钱了？情调懂吗？你一提升情调，她的眼神立刻就纯真了，大家谈论的话题自然也就高雅了。我没经验，因为我没经济基础就不想跨出这一步嘛，我怕拼掉好多脑细胞，最后煮熟的鸭子还是飞走了。"

阿白白无言以对了。

"需要多少？"吐司眼睛对着电脑屏幕，幽幽冒出一句。

就这样，吐司成了阿白白浪漫恋情的唯一赞助商。阿白白一度过意不去，时间长了就安慰自己：这哥们儿只爱游戏里的二次元美女嘛，有钱也没处花。现在我拍脑袋想出给他在 BBS 上挂牌找妹子的点子，真是个不得不令自己都膜拜自己的好主意。人情也还了，事成之后说不定吐司还得反过来感谢自己呢。

天朗气清，惠风和畅，替吐司挂牌才半天，阿白白和赤罗就迫不及待地沐浴焚香，穿戴整齐地凑到一起用吐司的账号登录论坛，查看帖子情况。

"嘿，还真有妹子看上你了呢。"

"别瞎掰了。"吐司盯着煮泡面的小锅，头也不抬。

"谁瞎掰？"阿白白殷勤地把笔记本电脑端到吐司面前，居然真的有条回复：

让你久等了，不好意思。

一向在游戏面前稳如泰山的吐司也吃了一惊，抬起头来。对方甚至还遵守近年虚拟世界里"有图有真相"的潜规则，贴了张大头照。眼大肤白，虽然锥子脸肯定是 P 过的，但……

"这不是白美吗？大白天真不能说人啊，说曹操曹操到。上午刚谈论了她，这回人家居然自己寻上来了。"

赤罗此言一出，吐司和阿白白凑近了脑袋仔细研究。

吐司："哦，这就是白美啊。"

阿白白："原来白美长这样啊。算了算了，这个Pass，咱们再等等。"

吐司沉默了。

阿白白和赤罗对视了一下，有点明白他的意思——这家伙认真了。

"她是贼，嗯，至少是嫌疑犯吧，我们还在逮她呢。你趁早别蹚浑水了。"

吐司声音不大，但斩钉截铁地说："没根据的话拜托你别乱讲。"不容分说地就伸出他雪白的胖手，在键盘上飞快地回复起来。

赤罗拍拍吐司肥厚的肩："兄弟，你要想好了，如果她真是贼，你这个奥特曼舍得打小怪兽不？"

"我长得这么正大仙容的，怎么会是奥特曼？显然更像个佛啊。"

三

白美什么都好，就是缺钱。

中学里，大家没日没夜、不分男女地死磕高考，她倒不觉得贫穷特别难熬。只有每学期交补课费的时候，她要忍受一下爹妈的唠叨。但自从进入芥阳师范以后，她对贫穷的感触就强烈起来。天地开阔了，诱惑也多了，顶着清汤寡水的素颜，连去食堂买菜都会比别人少半份，就更别提去系里争取成绩，去学生会申请勤工助学了，简直是处处碰壁。

凡是女生们聚集的地方，空气中悬浮的粉底末几乎能点着火。不转型可不行了。她给自己的理由就是为了找到一份糊口的兼职。她的底子是天生的，稍稍注意一下打扮，学生超市的营业额就上去了。模特队的指导老师不过来买瓶矿泉水，就充当了星探的角色，发掘到了她这块璞玉。此后，浓妆艳抹也就变成了家常便饭。随着眼界的提升，由奢入俭难，她的开销是小不了了。

她每天睁开眼睛，第一件事就是翻自己的日程安排。上课、超市收银、家教、模特队走台，一个都不敢少。她真是没有时间经营和宿舍楼里女生们的关系。睡前，她们讨论着哪个男生帅，哪个男生有钱，她累得连多听一耳朵的力气都没有。但还是不行，就这么死干，月底存下的钱报个四级加强班就又负资产了。

至于爱情，她真心觉得那就是桩拖后腿的事儿。她初恋男友周斐是她高中同学，彼此也一度爱得死去活来过，但现在她怎么看怎么觉得他各种不顺眼。

周斐长得高高大大，却没考上大学，直接工作了。他干快递业务，生意好的时候月入八千，倒霉起来丢了件，工资还不够赔的。他舍得在抽的烟上花钱，软中华一根接一根，钱也就在吞云吐雾中呼呼烧掉了。

白美不懂烟，临到考试季要熬夜，会来几根提神。上次走台时，有人给了她一盒老船长，她给他攒着。结果他瞥了一眼，丢到一边："女士烟，没劲儿！"

白美就抽出一支自己嘬着。

"你还挺老练，现在是不是抽得越来越狠了？"周斐看看她，"你瞧，妆化得那么浓。一个多月没见，我就想看看你，都看不出你原来长啥样了。你这一身，跟过去干干净净、清清爽爽的你比，简直是两个人。"

"一个月没见，我想着给你攒盒烟。你呢？就会挑毛病。为什么事情到了你那儿，就不能往好里想？想想我长大了，成熟了，为我高兴？你的缺点就是不思进取，万事停留在老标准上，知道自个儿为什么考不上大学吗？"

周斐就像条尾巴被火撩到的猫，声音变尖，都失了真："考不上大学怎么了？我还不是一样凑钱给你爸看腰伤？那些大学生有那么好心眼吗？会那么不离不弃、死心塌地吗？"

白美把烟头丢地上，狠狠踩灭了："我几次要还你那钱，你都不肯要。稍微有点不称你心，你就拿出来说事儿。告诉你，这次我还非还你不可了。我们到此为止。"

周斐知道闯祸了，去搂她的肩，被白美躲过了。

"你别生气，是我脾气臭。在我心里，我们的过去是永远都过不去的。"

白美拍拍他那辆蓝色的货车头，十二分冷静："过去我不信，现在我信了，人穷志短。要不是整天为这些屁事吵吵闹闹，说不定我们还真挺幸福的。现在我是看到烧烤摊臭烘烘的肉串就觉得反胃。我没什么好为自己分辩的，找理由都很累，没错，就是我变了。"

"你有喜欢的人了？"

"就快有了。"

"那我们……拉倒了？"

白美心疼地拍拍他的脸："我爸的腰得推拿，不然就得眼睁睁看着他瘫痪，也不知到哪天是个头。我妈也一身的病。我是念着过去的情谊才不忍心咱俩一起沉下去的。你别往坏里看分手这事儿，保不齐我们就各自找到一块浮木，从此活过来了呢？我不值得你舍命去疼。"

她尽可能地把话说得婉转，其实心肠早就比嘴里的话更冷。她累极了，没空跟谁谈个幼稚的恋爱浪费时间、浪费精力，她得找个坚实的膀子靠靠。她对那条"膀子"没有细化的要求，但至少得是个在各方面都让人感到与她的名字"白美"相配的人吧。

她在 BBS 上偶然看到了吐司的征友帖子，觉得这人还挺幽默：不肯透露实力的都是真有实力，能调侃自己的人都是有自信的人。何不回复一条试试？

吐司在两个军师指引下上蹿下跳，对见面的时间、地点几经论证，回复得战战兢兢，打字的手始终在发抖。白美却都答应得很爽快，不紧张也不忸怩，好像初次见面和吃饭喝水一样平常。

白美比约定时间早到了五分钟，她在咖啡馆找了个靠窗的卡座坐下。她刚点完一杯美式咖啡，面前就哗啦落座了两个男生。一个黝黑黝黑的，赤膊穿件深 V 领的紧身 T 恤，穿衣显瘦，脱衣有肉；一个白花花的，整个人晃晃荡荡的，胖得连模样也很难看清。

"买一送一？"白美嘴里调侃着，心想那个"黑皮"真有脑筋，为了突出自己，竟然带这么个惨不忍睹的大胖子来陪衬。

"不是不是，亲友团，亲友团。"赤罗见吐司说不出话来，只好代劳。

"我叫白美，英语系的。"

赤罗点点吐司："他是杨涂思，学会计的，数学好得很。"

"学会计的？会不会很计较？其实女生挺怕精打细算的男生。"白美扯着吐司的闲话，眼睛却瞟向赤罗。

赤罗忙摆手："没有的事，他资本雄厚着呢。有时间计较不如去挣钱了。我们六号楼五零七寝室的爷们儿都是这么认为的。是吧，吐司？"他用力拍了一下吐司的臂膀。

吐司顿惊，大声附和："是啊，是啊。"

"还挺够男人的啊。我就讨厌跟斤斤计较的人打交道，你爽快我也不含糊。不过资本雄厚……怎么那么耳熟？"白美一时没想起来最近在哪儿看到过这个形容，"用在他身上很贴切，看来你挺幽默。我还不知道你叫什么呢。"

"黑皮"可真滑头，拐弯抹角一直拿胖子做挡箭牌，处处引她主动，几个回合了，她竟然连他的名字还不知道。

"嘿嘿，我本来不想喧宾夺主的。我叫林驰络，吐司嫂……"赤罗站起来，伸出手。虽然白美是个传奇人物，但不卑不亢的自我介绍还是有必要的。

白美吃了一惊，心里一凉，不知道该不该伸出手去。

"他大名杨涂思，我们都叫他吐司，实诚可靠。希望你今后不要在意我们这么叫……"

她头有些晕乎乎的，第一次正眼瞧了瞧吐司，瞧了瞧他挺得比咖啡桌还高的肚子，瞧了瞧他被挤得睁不开的眼睛和几乎缩进肩膀里的脖子。

吐司终于不那么绵了，也站起身，向她伸出手："你好，我不擅言辞，希望能有幸跟你交个朋友。"见白美没反应，他端起面前的水杯一口闷了，"我先干为尽。"

白美直感到脑袋空白、眼前下雾，要抖抖机灵吧，一句俏皮话也讲不出来。也好，吓跑他们是王道："交朋友没问题，其实我挺爱热闹的，整天跟朋友吃吃喝喝，Party animal，所以缺点就是月光。"她轻轻巧巧，一人给他们个手握握。

吐司说："没事没事，年轻时候不玩什么时候玩呀？我们人多，够热闹。跟我认识了，你都可以不要别的朋友了。"

赤罗也帮腔："放心，你不会月光了，可以吃吐司的，我们没钱的时候都吃他的。"

四

他们喝了一次咖啡就没下文了，虽然他们亲切友好地告了别，吐司留下了手机号码，白美却没有互换的意思。

吐司的伤感也就一顿饭的工夫。阿白白和赤罗为了化解他的挫败，当天晚饭还备了酒。可他喝了一口，就觉得没啥愁可浇的，本来的预期就是不可能的嘛。还是 Dota 帝国的霸业更需要他。

然而一周后，他却收到一条陌生号码发来的短信：

杨涂思，出来喝杯奶茶呗。

他放下手机，关电脑，找衣服。

赤罗瞥了一眼短信："会是诈骗短信吗？去不？"

"傻子不去！"

"那我也换身衣服。"

"傻子带你去！"

已经是深秋了，天气偏凉。吐司穿了件长袖衬衫，可腋下汗湿了一大片。他有点恼，难得拾掇得整齐些，这下又邋遢了。他特意早到了半小时，在风里吹吹，以为这样有利于平复心情，却越等越紧张。终于等到白美仙女一样飘过来，他才觉出自己的悲壮，他真是不知前路，飞蛾扑火啊。

白美说："不用堂吃，秋天街景好，边喝边逛逛也不错。"

吐司就到外卖窗口点单。地板滑，出门的时候，他一个趔趄，两杯奶茶脱手。吐司不顾自己要跌跤，就去抓奶茶，结果自然是人仰马翻。

白美忍不住大笑。

吐司臊红一张大脸，爬起来重新买。白美蹲下身，捡起奶茶说："包装没破，重新去要两根吸管就好了。"

上大学后，吐司就再没个正经书包。平时上课，课本往自行车网兜里一丢；出门买东西，随便抓把票子往裤兜里一塞。今天他是特意穿了条口袋少的休闲西裤，征用了阿白白的皮夹来赴约会的。可他嫌钱包鼓鼓囊囊地放在裤子口袋里碍事，见白美背着个小包，就提出把皮夹放白美包里。

这让白美有点小小的意外，看来赤罗不是随口说说的，吐司确实是个实诚的人。

"那我的包岂不是会变得很重？本该男士照顾女士的，你这样，我成了你的苦力了。"

吐司二话不说，抓过白美的小包来挎在自己的肩上。胖胖的身躯背个女士坤包，白美又忍不住大笑起来。

"这包太小了。你看你硬把皮夹塞进去，拉链都快脱线了。下次我换个大包出门，你要再放个手机，哪怕一瓶水、一把伞都没问题了。"

　　吐司觉得很有道理，何必等下次呢？拣日不如撞日，就今天吧。

　　于是回学校的时候，白美手里就多了一个购物袋，里面是吐司刚给她买的标价一千多的新包。她穿着跟高才五厘米的坡跟鞋，垂下眼皮看吐司头顶的两个旋，轻轻叹了口气：矮胖矮胖的，叫我怎么对他喜欢得起来呢？

　　白美消失了挺长一段时间。手机关机，QQ、MSN不上线，BBS站内信也不收。吐司去英语楼堵了她几次，她大概在楼上早就看见了，就故意躲开，从紧急通道走了。

　　赤罗说，有个晚上他在学校南门的烧烤摊上瞅到过白美，她跟个开货车的男人在一起吃肉串，眼泪汪汪的，不知道两人有什么事儿还是给孜然粉、辣椒粉呛的。

　　阿白白说，本来以为白美这种拜金女是最冷酷无情的，不料也有感性瞬间，真让人好奇那小子是什么来头。不过这样对吐司未免也太心狠手辣了些。

　　"你不要戴有色眼镜看人，随便给人上标签。买包是我自愿给她买的，也没说买个包她就得做我女朋友。"吐司有点激动地说，"从杨孜她们寝室丢东西了开始，你们就变着法儿对她进行人身攻击，左一个拜金女右一个拜金女，请问证据找到了吗？"

　　这下轮到阿白白吃瘪了。

待吐司再次心灰意冷时，白美又现身了。

赤罗关照吐司千万不能再上当受骗，一定逼她到死角，把她的底细摸清楚。

可是和他们预料的都不同，白美根本就没打算避讳这段时间的消失。她开门见山地说自己有段旧感情要整理，现在整理完了，来找吐司签恋爱合同。

人家是有备而来的，吐司给打了个措手不及，想叫亲友团声援也不成了，稀里糊涂就给签了。

白美说："你放心，其实我的态度是很认真的，也最讲道理。我不会无故折磨你，有了合同，今后遇到事情照章办事会少许多麻烦。"

吐司想说"我哪里会嫌你麻烦？每天求你麻烦我还来不及"，但他也想酷一点，于是说："我觉得这想法不错，对大家都是个约束。你是个有头脑的、真实的女孩子。"

白美主动拥抱了吐司："你是个很好很好的人，说不定有一天，我会真的喜欢上你呢。"

吐司的心突突的，热血上头，为了庆祝这个时刻，他邀白美去逛街。

"合同这就开始生效了？"

"合同上没写得那么细，算附加条款吧。"

买了衣服、买了鞋，白美还另外向他要了六百块。她说："其实你什么都不用给我买，我就想向你借点钱，有急用。"

吐司说："一码归一码，这点钱够不够？你可千万不能转身把鞋子给退了，我做梦都想给女孩子亲手买双高跟鞋。"

白美知道这个人一定没谈过恋爱，甚至都没动过念头去看看追女孩子的攻略。谈恋爱送鞋子是大忌，那不是要把对方送走的意思吗？为着心头的一声叹息，她从包里掏出被周斐嫌弃的"老船长"，拈了一根嗑起来，又递过去让吐司抽。

吐司下意识地后退一步，摆摆手。在他眼里，抽烟是阿白白这样写不出诗的苦闷诗人的专利。这是他头一回现场见女人抽烟，他小时候以为只有坏女孩才这么干，长大了淡定点了，但也没觉得会跟抽烟的女孩儿有什么交集……原来烟还可以是巧克力甜香味儿的。阿白白说得没错，他见识的女孩子的确太少了，但是白美这个女孩子呢，认识了她一个就像认识了很多个一样。

五

在阿白白看来，吐司这协议签订得简直是"丧权辱国"！

吐司倒很淡定："原先不是你常吐槽什么样的女孩本质都一样物质的吗？为什么人家白美主动把本质亮出来给人看了，你们就受不了？"

阿白白说："那也要给男人起码的面子！谈恋爱不能丁是丁卯是卯的，更不能赤裸裸地说爱情是用面包换来的吧？简直恬不知耻。"

吐司嘟囔着："其实白美也没什么过分的要求，就是要保证她有求必应呗，这事儿即使不签协议，不也是一个男朋友应该做的吗？

"既然如此，下周你生日，让她以女朋友的身份来和大家聚聚吧。"

吐司的生日一向是和哥儿几个一起过的。自从杨孜成了阿白白的女朋友之后，他们就跟连体婴儿似的，不请她会跟阿白白连朋友也没得做。可是杨孜适不适合跟白美坐到一起呢？"铁娘子"会不会不留情面地让白美难堪？

他有点忐忑地给白美打电话。白美不假思索地一口答应了。他又暗示了会有哥们儿的女朋友，也是她们外语学院的。白美迟疑了一下，还是说"没问题"。

聚餐那天，除白美外，其他四人先到了。

杨孜第一个不乐意："什么大人物那么忙？"又把矛头指向赤罗，"你都出的什么馊主意？我周末偷偷去机房把监控录像看了一整天，眼珠子都要掉出来了，进进出出的全是人腿，什么有效信息都没有。"

赤罗说："肯定是你装的角度不对，拜托注意调整高度，有的放矢些好不好啊，主席？那最近你们还丢过东西没有？"

"没有。"从语气里听不出杨孜对坏事停止了是满意还是不满意。

她看了吐司一眼："知道这件事的人里面是不是出了奸细就不好说了。"

说话间白美婷婷袅袅地来了，她修饰得体，没给吐司跌份，也没走铺张的庸俗化路线。

吐司的眼睛就没离开过白美，他说："你坐我对面，和杨孜坐，女生和女生坐自在些。"

白美不顾众目睽睽，自自然然地说："不，我想和你坐。"

对白美心存芥蒂的一众人没敢随便起哄，只做出战栗状，以示嘲笑。吐司先脸红了，他殷勤地为白美拉开座椅。白美坐下时，向杨孜一笑，主动举起面前吐司的红酒杯："我迟到了，自罚三杯！"

杨孜瞧不上她拿红酒当马尿喝的土老冒气，撇撇嘴。

白美举起第四杯："我先干为敬！"

第五杯："女士优先啊女士优先！"

赤罗不知道她的路数，只得惊叹："吐司嫂，好酒量！"被杨孜在桌子底下踢了一脚。

"小美，今天吐司生日，你怎么脖子上光光的？上回你不是给我们看过一个蒂凡尼的新链子吗？怎么不戴了？"杨孜挑眉问。

"自己的东西，想戴戴，不想戴就不戴呗。怎么了？"白美挑眉。

阿白白最了解杨孜，听出她话里挑衅的味儿来了，就在桌子底下拽她袖子，却被她一把挥开："没啥，就是原以为你签个合同是为了升级换蒂凡尼的，没想到反而变低调了，挺不像你的。"

"杨孜，今儿是我生日，好好吃饭！"吐司瓮声瓮气地说。谁都听得出来他有点生气了。

"我的话什么意思各人心里明白。你……"

白美吃了口意面，挥手打断她："失陪，接个电话。"

她说了两句"伤残""咨询费"什么的，后来脸色起异，起身就要走。

吐司拦她："怎么说走就走？谁的电话？谁伤残了？"

"没工夫解释了，我有急事。生日快乐。"她想了想，在吐司胖脸颊上亲了一口，"这是没陪你吃完生日饭的补偿。我有契约精神吧？"说完，她就出店了。

吐司完全被一连串的状况击晕了，众人这一餐饭也食之无味了。

阿白白对杨孜说："你下回收敛点脾气，注意场合，今天过分了。我都替你不好意思。"

"我过分？"杨孜拔高了声音吼，"我过分还是你过分？周柏佰，你摸着良心说一说，在促成吐司和白美好的这件事上，你有没有私心？你是不是也鬼迷心窍了？什么'浩渺烟波投出的光彩'，什么'弯曲卷发倾泻而下'，看看你最近的酸诗！我是丹凤眼直发，她白美才是死鱼眼卷头发呢！你没救了！你和吐司都没救了！就算我有一百样比不上她，我都要比她爱惜自己。醒醒吧你们。"

一杯红酒从头淋下，阿白白狼狈得睁不开眼。他抹了把脸，杨孜已经头也不回地走了。

六

生日宴之后，白美又问吐司要过两回钱，一回是两千，一回是问吐司能拿出多少。吐司说卡里有这学期的生活费五千，白美在短信里勉勉强强地说"那就这样吧"。

吐司乖乖地按照她给的校园卡号码，从 ATM 机上汇过去。读大学那么久了，这下终于轮到他靠接济度日了。

"亏你还是会计系的，最会算了。这种不平等条约是能随便签的吗？"阿白白说。

"白美也是签了约的人，她怎么拿了钱可以不尽女朋友的本分，脸也不露一个了？既然如此，你何必那么老实有求必应啊？"赤罗说，"这样的便宜事，世界上到底还有没有？我打滚求你别爱白美了，爱我成不成？"赤罗说。

两人你一言我一语，像一万只花大姐围绕着吐司的天灵盖嗡嗡作响。他们不说还好，说了吐司还真有点心烦：白美不知道遇上了什么难关？要钱会要得那么急。以他们现在的交情，他合不合适追问她呢？如果那样白美会不会不高兴，以为他很计较钱呢？

其实论出身，吐司也不是天生高贵的富三代。他爸是农业户口后来转的城镇，他小时候还跟爷爷在老家种过地呢。只是他家没钱的时候，所有人家都没钱，等一切都向钱看了，他爸又凑巧当上包工头发了财、致了富，有了自己的建筑公司。总之一句话，他没挨过被钱逼得穷途末路的苦，但他也天生对生活不讲究，顿顿吃方便面都可以，当然有点肉菜更好；春夏秋冬四季衣服，他妈想到了给他添两件，没想到就一年一年穿下去。上大学后，学费、生活费也是这样，家里看着给，他一次也没因为用光了额外伸手要过。他并非刻意勤俭，就是觉得追求那些没意思。不知道钱怎么花掉的人，都是不知道钱怎么来的，而他知道，所以就更觉得没意思。但他也尊重别人的享乐，对朋友都是一个掏心掏肺有求必应。

吐司打了几下 Dota，静不下心来，又低头扒拉几口泡面，食之无味。他暗暗给自己打气，第一次给白美打电话。通了，挂断；再拨，再通，再挂断。

他不傻，非常清楚以白美的条件，怎么会真心看上自己这个没才没貌的胖子呢？但从他为之心跳开始，他第一次理直气壮地觉得有钱也是爱情的竞争优势之一，至少可以和有才有貌平起平坐吧？另外，吐司对白美的慷慨，还有另一方面的隐情：他希望因为有了自己这样一个男朋友，女生们关于白美"手脚不干净"的猜测可以偃旗息鼓。只可惜老天也太舍不得放他去走一回桃花运了，该他可以仗着自己有钱的时候，又让他没钱了。难道他就该从现在开始和教导员搞好关系，申请领贫困助学金了？

那次生日宴过后，大家的注意力都集中在会来事的白美和忍气吞声的吐司身上，谁也没在意那对著名的老情侣之间的微妙变化。

阿白白冷静了一晚上后，还是本着好男不跟女斗的基本法，给杨孜打了求饶电话。杨孜当然不依不饶，不肯轻易说一句软话，还说阿白白的道歉不真诚，不是发自内心的。

挂了电话，阿白白自言自语，要发自内心我还给你道歉啊？他原来是对白美略有耳闻，而且这种耳闻还多半是来自杨孜的主观描述，所以负面的印象比较多。但一桌坐下，近距离接触几分钟后，他感慨地想，难怪啊，没比较不知道，一比较就明了，差距就是这样出来的。如果说这两位女士都有女王范儿，那杨孜的颐指气使都是让大家惯出来的，没多大事儿谁都不愿意跟她计较，渐渐她就把自己当回事儿了；白美呢，遗世独立，有股子酷劲儿，仿佛你要违拗了她，就有点儿还不如她这个女流之辈的意思，不配跟她坐在一块儿。

虽然做不出什么深刻的检查，阿白白的道歉电话还是坚持每天早中晚打三个，态度要放在那儿嘛。搁在过去，只要一点小龃龉，没个一周以上，杨孜的气是不会消的。这回他的罪可大了，还在自己兄弟们面前驳了她面子呢，所以他也做好了打一场硬仗的准备了。可第三天上午，杨孜的口气突然软和了，她说："那次确实是我的错比较大，没证据的事儿胡说，不是逼自己变得无理取闹吗？"她一下子这么通情达理了，倒让阿白白吓了一跳。

七

芥阳师范的 BBS 上有一个新 ID 上传了一个视频，题为"猜猜这是谁"，一天的点击数超过千余次。

赤罗看了十秒就面色骤变，跟阿白白和吐司说："出大事了。"

那视频画质极低，像是摄像头掩在书本、布头一类的东西后面偷拍的。画面下方三分之一都有东西挡着，镜头一直向两张宿舍的高低床固定着。视频播放到第八秒时，有个穿正红色套头衫的人出现在镜头里，那人身形窄窄的，无疑是个女生。她俯身在靠窗的下铺捣鼓了一会儿，好像找到要找的东西，又蹬着长书桌往上铺去，这时镜头只能拍到她的鞋跟。又一会儿，她下来去翻靠门的那张下铺……四分多钟后，她的手部出现在镜头里，她的指甲上涂着粉红色指甲油，还镶着银边。那双手翻了会儿书桌抽屉，手的主人终于坐下来，她潦草地数了数钱。观众们可以看到她脸的下半部，这是有关被偷拍者最确凿的身份信息了。

如果这段视频来自校内的宿舍，找出作案者并不难。事实上，底下的跟帖直指白美的就有不少，英语系、师范生、模特队……保安处只要锁定目标把证据一落实就知道了。

吐司就这么愣神站在赤罗身后，一言不发，他只要认鞋跟就能认出白美。

阿白白也倒吸一口冷气。难怪这次闹别扭，杨孜那么轻易就放他过门了，敢情她处心积虑终于抓住那件更刺激好玩的事了。她甚至没向他透露一丝半点口风，自己真是小看她了。

"借我点钱。"吐司瓮声瓮气地说。

"干吗？"已经是月底了，为了防止自己花钱无度，赤罗刚把剩下的钱都打进饭卡里，掏了三件外套才凑了两百来块。

"给白美送去，只要把别人的损失都给还上，至多背个处分。"

"嘿，嘿，哥们儿你醒醒！想什么呢？她就是个爱慕虚荣，贪得无厌的丫头，你别助纣为虐了，好不好？"赤罗抓着他肩膀摇了两下就手酸了，改抓着他一条胳膊摇，又像是撒娇了。

打电话没指望。

吐司第一次去女生宿舍，也顾不了宿管阿姨的阻拦，一提气冲上三楼。

"脑子有病，找死啊！"

他抓着人就问白美住哪间，除了换来一声骂，也没人真心搭理他。直到猛然在一间屋里看到了杨孜逆光的冷脸，吐司才感到一阵颓然。

"你去保卫处找她吧,她可以检讨的、可以道歉的、可以求情的人,都在那儿了。"

诗人阿白白感叹,现在的人做事哪,越来越直白,连拐个弯稍微婉转点的功夫也不愿意下了。

和杨孜分手后,"夏风"诗社的第一场诗会,场地的事儿他就没谈下来。

管教室的大爷翻了翻册子:"不对啊,学生会的社团里没你们的名字啊。"

"不会啊,我都借过好几次了。您看看我的脸,想得起来不?"

"想不起来,你们都长得差不多。我只认他们给我的名册。"

他怒从心头起,可冲到学生会办公室门口,又灰溜溜地掉头了。没有背后那个成功的女人,他阿白白又算什么呢?何必再去受二次侮辱。

于是,初冬时节刮大风了,诗社的活动只能安排在操场边的小树林里。他自己清扫场地,爬上爬下挂活动横幅。诗人们诵读惯了席慕容、海子,偶尔还读读什么阿尔丁顿,现在向诗而生的他们也不得不抬抬贵手干干体力活了。

挂完横幅,阿白白倒着走远了看有没有歪。

"社长,右边来车了。"

阿白白下意识地往边上一让，抬眼一瞧，嘿，这货车还真大，等等，副驾驶座上的那个不是白美吗？

"又不是因为什么好事退学的，临走了还那么高调。"有人说。

八

白美淡出了大家的视野后，吐司似乎变回了原样。爱情太可怕，只有游戏是永恒的。

寒假前，他收到了个快递，里头是他给白美买的衣服、鞋子和包袋，还夹着一张纸："没好好遵守约定是我的错，七千块算我借的。你买的东西你知道价格，先抵一部分债。"

在白美出事之前，他是反对以"某类人"这样的标签给人随便下定义的，尤其是对他既心怀向往又可望而不可即的异性。白美出事后，他不得不慢慢开始接受现实：世人的成见虽然庸俗，但也未必没有道理，谁不是生活在庸俗中呢？只是别人知人、识人，有一眼洞穿的本领，而自己需要受到点教训才能认输罢了。但白美的这个快递一来，他又陷入了疑惑，人的心理太复杂，远不是一个标签就能去定义的。

老天啊，还是准我到游戏的世界里去吧。

他上楼的时候这样想着，冷不防一脚踏空，咚一下就栽倒了，嘴唇磕破了不说，爬起来时右手一撑，还把手给撑骨裂了。

校医院医生的结论是：整天在宿舍打游戏不见天日，缺钙。

整个寒假他就用绷带吊着膀子在家晒太阳，连游戏也离他而去了。

他爸爸说："这样也好，快踏上社会的人，不能整天浑浑噩噩的。去公司熟悉一下财务软件吧，也是社会实践。"

一踏进公司，爸爸的脸上就像刷了一层糨糊，变成了严肃的杨总，和在家里时判若两人。午饭时，杨总查他对报表的研究也决不含糊。

助理走来说："那个从脚手架上掉下来的人的家属又来了，在公司门口坐着。"

杨总说："让他们去闹吧，逢年过节的老一套了。前两次带了律师来谈也没结果，现在出不起律师费了，自己来更搞不出什么名堂了。"

吐司问什么事。

杨总说："巧不巧呢？想让你了解社会，社会就主动跑来让你了解。一个老工人前几个月在现场施工的时候，没系安全带从脚手架上跌下来了。急救的钱、外伤整治的钱、营养费都是公司付了。现在家属硬说他有八级伤残，要求伤残赔偿。但很多人都知道他的腰上有老伤。"

"那公司这边有没有责任呢？"

杨总神秘一笑："这就要看律师了。类似的事年年有，如果一旦发生，就要几十万、几十万地赔，哪个老板还愿意干实业？而工人嫌干活苦，也只要发狠弄点工伤，下半辈子就都有保证了。"

财务室在顶楼十层，跟总经理室紧挨着。午饭后，吐司站在窗口，好让阳光晒五分钟头顶，无意中他看见干冷的寒风里有一对戴着棉帽的男女。他们用围巾把脸捂得严严实实的，相互靠坐在公司对面的路基上。他们右手边停着一辆蓝色车头的大货车。但腊月的气温实在太低了，两人不时要站起来跺跺脚、跳几下。男的先忍不住跳上货车，坐进驾驶室里，朝女的摁了摁喇叭。女的不干，指指公司大门，可能觉得坐在车里缺乏抗议的气势吧。于是男的又跳下来，点了一支烟，犹豫了一下又递给女的一支。

这应该是吐司平生第二次见到女人抽烟吧。

　　这个地方有点儿像围城。

　　当然，想进去的是那些没到适龄年纪的儿童，想出去的是那些把胆汁都快吐干净的家伙。

　　这是一座游乐场，上个月刚建成。它拥有一个很古怪的名字——世纪神话，很容易让人联想起成龙主演的电影《神话》。我猜成龙应该不会在我们这个小城搞投资。它也和"神"以及"话"扯不上半毛钱关系。"世纪"更是顶能把它压垮的大帽子，它就像最流行的那种游乐场的山寨版。

　　我曾去过北京、上海、深圳的游乐场，上大学时我甚至跟同学跷课去成都欢乐谷疯玩了一整天。相比那些配备完善的大型游乐场，"世纪神话"的规模更小、游乐设施更少、游客们也更疯狂。

　　让我头痛的是，它就建在我家小区的对面，与我隔着一条街遥遥相望。

　　从它开业的那天起，我就凄凉地意识到安宁的日子结束了。

　　干我们这行的，总是熬到后半夜才睡下。自从游乐场建成，在一场又一场缥缈的梦中，大团大团白云从空中落下来，把地上吃草的牛羊马驴砸得稀烂，血流成河、惨叫四起。我睁开眼，头痛欲裂。马路对面的音乐声和喊叫声如一支支箭，毫不留情地穿透玻璃窗，射向睡了不到五个小时的我。

　　在最近两次同行聚会中，几个前辈看到我，大惊失色："小子是不是纵欲过度了？怎么脸又白又黄，直冒虚汗，俩眼肿得像石榴？"

我不忿地想：我跟谁纵欲去？跟你们这帮老家伙吗？

我点头哈腰地为他们挨个点烟："我这是胖的，身体负担重了都容易出毛病。"

游乐场对面的小区可不是什么好地段，至今我都没告诉他们我在哪儿租房住。为了求前辈们介绍资源，几次聚会都是我召集的。我在酒桌上推杯换盏，把他们吹捧个遍。酒足饭饱后，几个前辈打嗝、剔牙、吹牛 ×，我悄悄溜出去，把接近一个月房租的饭费结清。

没办法，这就是生活。

有时我觉得不值钱的尊严和按照甲方要求硬写的本子一样可笑，可我偏偏得靠这两样东西活着。

我凝视着摇晃的绿色火焰，不知不觉竟烫了手，我大叫一声，把打火机扔到一边。

有一天我忽然意识到游乐场落成的一个多月里，我非但没踏进过一步，甚至连围栏都没摸过。

售票的小妹儿脾气有点牛 ×，扎着直愣愣的朝天鬏，脾气也像朝天椒一样火爆。她看样貌不过十来岁，可能高中都没毕业。

"单次门票一百二，月票三百，年票五百。"

"多……多少？"我把肥硕的身躯朝玻璃窗上的洞挪了挪。

小妹儿呸一声吐出一嘴瓜子壳，粗声大气地重复了一遍报价。

我觉得那嘴瓜子壳仿佛吐在我睡得乌七八糟的头发上、沾着眼屎的脸上、套着人字拖的脚面上。

虽然上周我刚收到一笔拖了很久的稿费，但去除下个月的房租，留在手里的大概不到八百块。按照我一贯怂 × 的性格，我可能会找个理由落荒而逃。这次，我却四平八稳地站在售票口前，好久好久，脑袋里想的全是前几晚那些醉得嘴里全是呕吐物，依然不懈吹牛 × 的前辈。

直到小妹儿不耐烦地用指关节叩响桌面，我才将银行卡顺着售票口扔进去："能刷卡不？年票！"

我志满意得地看到小妹儿的嘴变成"O"形，咱不是没钱，咱不是不牛 ×。尽管装大款、变牛 × 的代价是下个月可能连泡面都吃不上了。

卡怎么飞进去的又怎么飞出来。

"街对面有 ATM 机，我们这只收现金，不刷卡。"

ATM 机近在咫尺，小妹儿的视野一览无余，我此刻想反悔，恐怕为时已晚。

我弯腰捡卡，只听刺啦一声脆响，风吹屁屁凉。

我慌乱地捂前捂后，售票口传来放肆的嗤笑："傻 ×！"

我的生活质量因为"世纪神话"的年卡急转直下。

争到了这口气，却丧失了饱肚子的权利。泡面只好买最便宜的，只能加榨菜，不能加蛋和肠。

每天游乐场一营业，睡懒觉是没可能了，几百大洋又不能浪费。每个中午，我顶着一头鸟窝，呼着嘴里的臭气，去小妹儿那刷卡兼刷脸。

小妹儿的朝天鬏越扎越紧，眼角眉梢都朝上扯着，年纪轻轻，总是一副怒气冲冲的模样。整个售票处，我只见过她一人，管卖票和迎宾。每次她不是百无聊赖地嗑瓜子，就是懒洋洋地玩手机。日子久了，我试图打破隔阂，与她建立良好关系。然而，只要我笑模笑样地问候"吃了吗"或者"嗑着呢"，她都把白眼朝天翻，驱赶虫子一般挥着小手："要进赶快进，一会儿跳楼机该满员了。"

我发现她不只对我，对每个顾客的态度都是如此。

有的人生来就横，哪怕没什么资本，你拿她一点办法也没有。

毕业才两年，由于工作原因必须久坐。我已从身轻如燕的少年成长为脑满肠肥的大叔，当我发现必须费好一番牛劲，把身躯塞进云霄飞车娇小的座椅，工作人员拼尽全力为我扣上安全带，腰上的赘肉会从两侧弹出来后，我就对刺激的游乐设施丧失兴趣。搞不好我会亲身演绎一出"云霄飞车杀人事件"。

大学时，我可是知名游乐场杀手，不恐高不晕转，能一口气从早玩到晚，午餐过后也不需午休，不迫使同行的朋友晕吐了、吓尿了誓不罢休。

现在我顶着被香烟和啤酒催圆的肚子，如孕妇一般步履蹒跚，这走走那坐坐。年幼的孩子一闪而过，年轻情侣的身影也转瞬即逝。他们充满活力的样子叫我羡慕和嫉妒。我才二十四岁，却似乎已经老得不行了。

这天中午，我正坐在儿童乐园边一只巨大的黄色蘑菇下休息，一个身着奇装异服的男孩引起我的注意。只怪他太显眼，他头戴四方官帽，身穿雪白长袍，轻纱摆摆，衣袂飘飘，仿佛从古代穿越而来的白面书生。往来行人无不对他侧目，他倒毫不在意，正对着一份盒饭狼吞虎咽地努力，竟与他头顶那朵遮阳的巨大粉色蘑菇相映成趣。

我对这种打扮的人物略知一二，Cosplay 什么的，小年轻的游戏。

起床时那碗泡面早已消耗殆尽，那男孩的盒饭真带劲，又是肉又是蛋。有只小手在我胃里一勾一勾，引得我不停向他张望。

他猛然抬起头，一定是感受到我的目光。

好俊的男孩，我不由赞叹，剑眉星目、唇红齿白，化妆的原因，甚至有几分像女生。

他愣愣地从怀里掏出一双未拆封的清洁筷，将饭盒里那半几乎没动的饭菜转向我："大哥一起来吃吗？"

我摆摆手，呵呵笑着，站起身："大哥可不是讨饭的。"

我低头看着洗得发黄的大裤衩和开胶的一字拖，坚决地说："大哥虽然穿得破，但绝对不是讨饭的！"

我拿着小李递过来的纸巾，擦干净嘴角的米粒和汤水。

尽管"世纪神话"的伙食一天不如一天，我依然照单全收。

脚下扔着两只空空如也的一次性饭盒，我朝小李摊开双手："还有吗？"

小李吐了一口烟："哥啊，我把女同事的盒饭都要过来了，还不够哇？"

我响亮地打了一个饱嗝："勉强够了吧。"

距离头一回遇见小李已有五天，五天后，我们已经很熟悉了。他说自己叫"李自成"，谁知真假？干他们这行的都有艺名。更何况他连我的名字都没问过，"大哥""大哥"叫着，我也不再深究。"大哥"没叫多久，清洁筷便到了我手里，盒饭也到了我手里。泡面的防腐剂把我吃得快"不朽"了，盒饭就算打牙祭。

牙祭一打就是五天。

我心满意足地把饭盒扔到脚边。小李蹲在地上，一丝不苟把它们叠成一摞，扔进垃圾桶："大哥，爱护游乐场，人人有责。"

我看着他直乐："嘿，你这玩 Cosplay 的还挺有责任心。"

"大哥，我是演员，正儿八经的演员。"

我乐得更疯癫："挺大个'世纪神话'，有清洁工，有维修工，有开游乐设施的，有卖烤肠雪糕的，就是没见着演员。"

小李居然挺较真："大哥，你没亲眼见过，不代表不存在。存在即合理，合理就值得尊重。"

我举手投降："得嘞，你是演员，我尊重你。"

小李得意地晃动着纤细的小蛮腰："大哥你瞧，知道我为什么节食吗？因为演员得保持身材。游乐场虽然工资不高，但伙食管够，之前我怕浪费，逼着自己硬吃。有了大哥你，再也不用担心浪费了。"

我忧心忡忡地望着小李被光照拉长的身影，又摸着自己已经被肚皮盖住的腰部。

小李认真地问我："大哥，你是做什么工作的。"

"我呀，"我搔搔后脑勺，"编剧！"

小李的双眼忽然光芒迸溅，一步跳到我身边，搂着我的膀子一摇三晃："真是大水冲了龙王庙，自家人不认自家人。哥你写过什么剧啊？有好角色记得找我呗，便宜不贵，包你满意。"

我对小李犹如卖身般的自我介绍颇为不适，小心翼翼把手臂从他的怀抱里抽出来："写得不多，除了编剧，我主要当投资人。上个月一个投资三亿的电视剧开拍，我的投资占百分之八十。"

眼看小李又如饿狼般扑过来，我赶紧举起双手护住自己："然后我就变穷光蛋了，然后我只能找你讨盒饭吃。你也不想想，我真那么成功，你能攀得上吗？"

小李眼中的小火苗就像后劲不足的柴火渐渐熄灭了。

他抬起手，我以为他要打我，谁知他语重心长拍着我的肩："大哥，我看书上说，男人年过四十才能拥有自己的事业。你呢，再等个五六年就成功了。"

我皱起眉："你觉得我有多老？"

"你有三十六岁？不……三十二？三十三？"

"滚你丫的！"

举家偕行、情侣密集的游乐场，当然不适合两个大男人卿卿我我。从小李第一回邀请我乘坐摩天轮后，这便成了我们每顿午餐后的保留项目。

人家都说和自己的另一半一起乘坐摩天轮，一圈下来就是一辈子。我虽然身体臃肿，但是心理并不老。对于携手登上摩天轮的另一半，我曾经存在很多幻想。从青春发育期就开始想，一想就是十二年。我曾经绝望地以为肯和我共登摩天轮的大概只有"右手姑娘"了，谁知竟凭空冒出个大小伙子。他站着不比谁矮，躺着不比谁短，一口地道的陕西普通话，张嘴浓烈的羊肉泡馍味儿，然而模样俏丽多端、雌雄莫辨，譬如种种，许多矛盾都在小李身上杂糅混合。

质量堪忧的摩天轮吱嘎作响，升至最高点真叫人胆战心惊。摩天轮的门关不紧实，高空的风钻进座舱，夹带着小李吐出的香烟一股脑溜出去。遥遥相望，我能看见"世纪神话"的售票处。我指着那个渺小的黑点儿，激动地向小李抱怨："都怪她，要不是为了在她面前争个脸，我也不至于把五百块打水漂，落得这个田地。"

"她呀，她就那样。这是销售技巧，激将法。也不能都怪她，谁叫你那么好面儿？"

"也是，"我点点头，"穷人都好面儿。"

"我可不甘心穷一辈子，"小李调整坐姿，"早晚有一天，我得闯出去。我才二十，再过二十年就成功了。"

"也是，"我点点头，"你差的是时间和机会。当然，也有成功的年轻人。所以，如果你能力足够，差一个机会而已。"

我抬起头："你到底在哪儿演戏？"

"就在这儿。"

"脚底下？这个游乐场？"

小李嗓音低沉，不再有巴结时的诌媚："罢了，改天带你见识一下我的工作场所。"

一圈下来，小李的香烟正好吸完。我们脚踏土地，小李目光深沉："是金子总能发光的，我相信。"

说罢，他豪情万丈地将香烟从摩天轮的高台上掷出去。一道璀璨的抛物线，如同滑过天际的流星。

谁料高台下竟然冒出个男人，用手拼命地抓挠后背，边抓边骂："谁他妈乱扔烟头，不知道底下坐着人吗？"

瞧他的动作和表情，那烟头八成丢进他衣领里了。

猛烈的拍打和跺脚声犹如雷鸣的掌声。

高台上只有我和小李，男人忽然把凶残的目光对准我们。

小李仗着身姿灵巧，一溜烟竟消失不见了。

男人的视野里，只剩目瞪口呆、百口莫辩的我。

好几天我都没理小李。

"世纪神话"我照样去，小李点头哈腰递过来的盒饭我照样吃。吃完了就把油腻腻的饭盒随手一丢，任凭小李忙不迭地整理收拾。

小李没有麻烦，我就给他制造麻烦。就像前几天惹了祸，他脚底板抹油溜走了，留下一个天大的麻烦叫我面对。

"他那天差点揍我，你知道不？挥舞着大黑爪子已经跨上台阶，那男的身高接近一米九，我差点没给他跪下。"我最后一次绘声绘色地形容那天面临的灾难，小李终于忍无可忍地一再作揖："大哥，我错了，我不该嫁祸给你。我情急之下没有考虑你的体型，以为你会跟我一起逃。这么着，您给我一次改过自新的机会，您不是对我的职业特好奇吗？下午两点，表演开场，我给您弄最前排，VIP票，看得真真亮亮，算我赔礼道歉，这样成不？"

原来，小李工作的场所就在"聊斋观"。那是一片夹在"流星锤"和"激流勇进"之间的平房，白墙黑顶、古香古色，犹见旧时风貌。我一直不知道夹在刺激的娱乐设施中的这片平房是什么用途。和整天排长队的大型机械不同，"聊斋观"门庭冷落，只在门口驻扎着两个终年瞌睡的大叔级工作人员。偶有游客进入，出来时脸上没有波澜。

我猜这八成是类似"鬼屋"的地方，受条件制约，装神弄鬼又不够吓人，只好如此尴尬不堪地存在着。

如果真是这样，一直号称"演员"的小李，八成扮演里头的贞子、疯狂杀人魔，估计都把自己演变态了——稍有良知的人也不能办出那种嫁祸栽赃的事儿。

我在小李的指引下走进"聊斋观"，走了寥寥十几级台阶，便步入一个空旷昏暗的大厅。大厅里，上百个草垫整齐划一地铺在地上，大厅里一个人都没有。此刻差十分两点，小李安顿我稍事休息，说表演一会儿开场。

我一把抓住他翩然飘走的长袖："小李，哥心脏不好。咱说好了，一会儿可别装神弄鬼，这边飞出只胳膊，那边掉下来一截断腿。哥体格大，要是死在这儿，四五个人都抬不出去。"

小李眯起眼睛笑着："大哥，说什么呢？咱这是正规演出。"

我一瞧，正前方一个三十平方米的舞台被纯白的帷幕遮挡。东侧入口，几十个个头不及我大腿高的幼儿园小朋友手拉手，在老师们的指挥下鱼贯而入，他们乖乖地挨个坐在草垫上。

见此情此景，我只能致以热烈而崇敬的目光，并附以喃喃自语："还真有胆大不怕死的小朋友啊。"

小李又骗了我。

演员两点化妆准备，正式演出在半小时后才开始。他叫我提前半小时入场，就为了占领前排所谓的VIP位置。去他娘的VIP！一直到开场音乐响起，整个观众席只有我和那帮幼儿园小朋友，上座率不到三成。别说最前排，哪怕我坐到舞台上，那帮小屁孩也不敢说三道四。

小李真觉得他们的演出火爆到一票难求了？

挺中规中矩的表演，没有装神弄鬼，也没有掉胳膊、断腿，中规中矩到甚至有点无聊。故事也很简单，小李扮演类似宁采臣的白面书生，遇到小倩般的美女鬼，大Boss强拆这门姻缘，小李以肉身拼死阻拦，演绎一出白烂狗血的奇幻爱情故事。

虽然是那种看了开头就能猜到结尾的故事，但亮点在于真人与动画结合。那扇纯白的帷幕原来是半透明的屏幕，演员躲在屏幕后面表演，只能看见其动作，看不清表情。兴风作浪的大Boss是动画效果，演员只需找准位置，表演如同走过场，不费吹灰之力。

我意兴阑珊地伸着懒腰，这种故事，身为专业编剧的我一晚上能写八个。

想让小屁孩始终保持兴趣挺难的。现在不比我们小时候，看见电视里的哥哥姐姐亲嘴就会害臊得捂眼睛。整场表演不到二十分钟，全靠小李和一个女演员支撑，连台词都是播放录音。小朋友们早就失去耐性，沸反盈天地闹着，叫唤得人抓心挠肝。这直接影响到演员的发挥，我坐在离舞台最近的那排草垫上，看得最清楚。女演员有一半时间背对观众，剩下的一半时间只做动作不张嘴。临近结尾，小朋友们闹得厉害，她连动作都懒得完成，妆面浓重的脸皱出一堆褶儿，看样子像要飞身而下，抓起某个小朋友的衣领，问候他全家。

小李则不然。从开场到结尾，眼神、动作、台词，无不一丝不苟完成，他的念白中气十足，轻松盖过录音。大 Boss 来袭，他为保女主，奋力斗争，好一通撕扯、腾跃。女鬼终将离去，小李双膝跪地，嘶吼得撕心裂肺，我胸膛里全是铮铮回响。

小屁孩们愕然睁大双眼，统统闭紧嘴巴，不再出声。

演员谢幕，我起立奋力鼓掌，不懂事的小屁孩们也在老师的鼓动下懵懵懂懂地拍起手来。

当整个大厅只剩我们，小李飞身而下，双眼红红的。这家伙真动情了。他兴奋地问我："大哥，演得怎么样？"

我沉吟半晌："小李，这回我相信你是演员了，你是好演员。"

"每次表演，场面都这样？"我问他。

"这算好的了，有一回进来几个醉汉，吐得满场都是。你也知道，游乐场嘛，大家追求感官刺激，我们这种工作只能算陪衬。"

"挺不公平的，"我对他说，"你值得更专业的舞台。"

这时，浓妆艳抹的女演员转身走向后台，小李大声介绍："妹儿，这就是大哥，我给你说过，每天吃你盒饭的那个。"

女演员对我匆匆点头。

我不乐意了："对漂亮的女演员，该着重介绍我的编剧身份，三亿投资能占百分之八十的投资人什么的。"

小李泪中带笑，扬起手，作势要给我一巴掌。

前辈们主动召集了一场消夏晚宴，距离我屁颠屁颠地邀请他们那次，已经过去一个月之久。

我明白这帮心怀鬼胎的糟老头是什么意思，无非找个场合吹牛×，再蹭顿白食。

只是苦了我那透支额度低得可怜的信用卡。

酒足饭饱，一老头竟主动关心我："你现在气色好多了，不纵欲了吧？"

纵你妈的欲！

我笑得脸都僵了："您瞧，我岁数大了，得会养生不是？"

"你今年有三十二？三十三？三十六岁了吧。"

我笑得璀璨异常："领导，我四十岁了。"

"年纪大了，再四处飘着不合适。"他突然叹息。

我的耳朵一下竖起来："您要给我介绍对象？"

"对象倒是没有。说实话，你这外形还有条件啥的，有点一般。男人有了事业，姑娘才能看中。四十岁，该是立事业的时候了。上个月你给我的本子，我给上头瞧了。院长很满意，有意签约你为专职编剧，不知你有没有兴趣。"

省话剧团抛出橄榄枝了。

我不停用指节叩桌面，每敲击一下，脑袋里便出现一次小李的脸。

"大哥，你没亲眼见过，不代表不存在。存在即合理，合理就值得尊重……"

"早晚有一天，我得闯出去。我才二十岁，再过二十年就成功了……"

"是金子总能发光的，我相信……"

我饶有兴致地问前辈："您说咱们话剧团还缺演员不？"

"什么意思？"

"我认识一小老弟，戏特好，有天赋，肯努力。我自己写本子，闯出去的机会比他多。他的平台太小、太窄了。"

"机会来之不易，省话轻易不招外来人员。你可想好了，他上去，你就没机会了。"

"我想好了，"我仰脖灌下一大杯红酒，双颊烈火熊熊，笑意发自内心，"其实吧，我还不到四十岁，立业的机会，多着呢！"

昏暗的大厅里，我对着舞台上的小李招招手，他擦擦眼泪，屁颠屁颠地跑下来。

我指着身边的男人介绍："这位是省话剧团的金团长，来民间招收演员，听说你不错，特意来看看。"

按照小李这小子的尿性，我以为他会当场下跪，抱着老团长的大腿，眼泪汪汪地哭爹叫娘。

这小子居然挺冷静，沉着地与领导握手，用充满磁性的声音说："你好，团长。"

"你叫什么？"

"李自成。"

"不错不错，"团长欣慰地拍着小李的肩膀，"人名如戏，一股王霸之气。小伙子，愿不愿意加入我们？"

送走团长，我惊异地问他："你真叫李自成？"

他答非所问，扑通一声瘫坐在地，抱着我的大腿，哭得鼻涕眼泪双管齐下："大哥，我就要成功了……"

我又气又笑，恨不能大脚朝他脸上开去。

小李从此再没出现在"世纪神话"。

近一周来断断续续的手机短信中，他告诉我，他对新工作很满意，同事很专业，舞台很宽敞云云。

　　我早与售票处的小妹儿达成共识：她不理我，我也准不理她；她若犯我，我也不敢犯她。

　　破天荒地，这天中午我刚走到门口，她的朝天鬏突然从山高的瓜子壳后探出来，饶有兴趣地问我："大哥，听说你把李哥介绍到省话剧团了？"

　　我胆战心惊地点点头。

　　小妹儿头一回流露出温柔似水的表情："真好，我早对他说，他虽然只上过函授表演课，但一点不比专业演员差。我们这儿场子小、舞台窄，根本不是他待的地方。"

　　小妹儿笑起来还挺好看。

　　我感觉到我们之间的隔阂终于冰消雪融，便温柔地问她："告诉大哥，你是不是喜欢小李？"

　　小妹儿低头不语，耳朵通红。真是个多情的女子。

　　"告诉哥，别害羞嘛。"

　　她猛然抬起头，脸又套上冷漠面具，声音像尖刀："你这人怎么这么多话？要进赶紧进，一会儿跳楼机该满员了。"

　　我一直不明白为什么她认准我会坐跳楼机，直到偶然得知那是游乐场最容易出事故的设施……

　　我拖着沉重的身躯加速逃跑，她凌厉的声音紧紧跟随："傻×！"

　　饭局上认识的前辈介绍了一份"枪手"的职业给我，时间紧任务重，但是酬金丰厚，我一口答应下来。

　　他不肯说署名是谁，其实就是他，我又不是二傻子。

　　我没白没黑地熬了二十来天，手机关机、电脑断网，终于按期交稿，感觉人生无限美好。出门后，我发现天地都换了颜色，再穿大裤衩和人字拖真是二傻子。秋风扫落叶，鸡皮疙瘩起。

　　我再一次踏进"世纪神话"，恍如隔世。

　　售票部的小妹儿发现我，神情复杂。我担心她把瓜子壳当暗器扎死我，她却诚惶诚恐地叫着："哥……"

　　我怂×惯了，不管她后头的话是什么，就扭着臀部落荒而逃。

　　虽然天凉了，游乐场的热闹劲儿却不减分毫。我赶稿伤了元气，没走一会儿便累得不行。我坐在一个彩色房屋样的垃圾桶边休息，一阵撩人饭香莫名袭来。

　　我立刻抬起头，隔着垃圾桶见对方也在聚精会神地望着我。

　　他头戴四方官帽，身穿雪白长袍，轻纱摆摆，衣袂飘飘。

　　"大哥！"狼吞虎咽的小李慌乱地叫道，把没动的那半饭菜转向我，"还没吃饭吧？你等着，我给你拿筷子去。"

　　"得了吧！"我伸着懒腰，"就用你的筷子，咱俩谁嫌谁啊？"

　　我和小李坐在摩天轮的座舱里，小李正在吸烟，我嘴里撑满盒饭。

我含混不清地说："不是干得挺好吗？咋说走就走？"

"咳！虽然同事专业、舞台宽敞，可那导演吧，非带我参加酒局。有两个老女人，据说是投资人，让我陪她们喝酒。"

"按说这正是你喜欢的啊。"

"别说，真是！"小李笑得耳朵发红。

"那你究竟对什么不满意？"

"陪女的也就算了，咋男的也叫我陪？"

"你陪了？"

"当然不！"小李颇有气节地梗着脖子，"看我坚贞不屈，导演非让我给他们讲我在'世纪神话'演出的经历，给那些老男人解闷。"

"那就讲呗。"

"哥你不懂，他们是当笑话来听的。我说'我在那儿也是演员，和在话剧团没什么不同'。导演不乐意了，嫌我装×。我就说'你可以不理解，但你要尊重'。我还说'退一万步讲，你可以不尊重我这个人，但你要尊重我的职业和经历'。"

我多此一问："然后他就把你开了？"

"是我主动辞职的。一个不懂尊重的导演是搞不出好作品的。我一直是演员，过去、现在和将来，无论在哪儿演、演什么，我都会倾注所有心血。所以，我的职业和经历都必须受到尊重。"

我叹息："傻孩子，生性！"

小李忽然特认真地看着我："大哥，为了我这份工作，你没有费很大力气吧？"

"没有没有。"我把头摇成拨浪鼓，"是你自己优秀。"

"那就好，"小李拍拍胸脯，长舒一口气，"我还怕对不起你呢。"

"你对得起自己就行。"我把空饭盒轻轻放在身边。

摩天轮一圈转下来，小李的香烟即将燃到尽头。

我讨香烟抽最后一口，小李惊异地看着我："大哥也抽烟？"

"可不？咱们搞艺术的能不抽烟吗？"我吐出一个漂亮的烟圈，"只是戒了很久了。"

站在摩天轮的高台上，我拍拍小李的肩膀："别灰心，咱们还年轻。男人不是四十岁才立业吗？咱们有的是时间。"

小李点点头："是金子到哪儿都会发光的。"

"是这个理儿！"我奋力将香烟掷出去。

一道璀璨的抛物线如同滑过天际的流星。

冷不丁地，一个声音从脚下钻出来。

"谁啊？谁他娘的到处扔烟头，不知道底下坐着人吗？我操！扔到我领子里了！"

只闻其声，未见其人，八成是世界上最不好惹的中年大妈，菜市场上一块一斤的菜敢砍成一毛一斤。

刚烈如此，两个我和小李都不是对手。

"跑吧！"我抓住小李的手腕。

"等一下！"小李叫着，立在原地。

只听一阵猛烈的拍打和跺脚声，犹如雷鸣的掌声。

我俩相视而笑。

天晓得这样的事儿咋会降临到我头上！

久未放晴的 J 市天空终于在周末等来冬日阳光。我在"满记甜品"选了临窗的位置。对面的女孩叫郭蕊，我十五岁，她也十五岁；我是水瓶座，她是天秤座，网上说这是最契合的两个星座。郭蕊是我的同班同学，用最流行的说法，她是我的女神。

我喜欢郭蕊，我的哥们儿都知道。有次打完球，我的书包上出现了一瓶冰镇矿泉水，哥们儿说这是郭蕊托人送过来的。

"真的？"我在瓶身上亲了一大口，抱着它转了好几圈。我大汗淋漓，焦渴难耐，却把矿泉水当宝贝，连瓶盖都不舍得拧开。直到他们憋不住哈哈大笑，我才发现他们的恶作剧又得逞了。

"一点也不好玩！"我把未开启的矿泉水扔进垃圾桶，愤愤离开。

一朋友抓住我的手："哎，蒋鹏翔，你不就是喜欢郭蕊？我们帮你追到就是。"

我立刻转怒为喜，开怀大笑，勾着浑身臭汗的哥们儿几个，请他们去小卖部喝可乐。

说真的，为了这次约会，几个哥们儿可谓煞费苦心。写字条、送礼物、说悄悄话统统不奏效，直到贿赂了郭蕊的好闺蜜，求她在郭蕊耳边吹了几日"枕边风"，郭蕊才勉强同意。

女神近在咫尺，她一会儿吃一口甜品，一会儿看看窗外，夕阳在她的头发上映照出彩虹似的一圈光泽，我看得连呼吸都快失去了。

　　平心而论，郭蕊不美，但她身上那种遗世独立的神秘气质特别吸引人。我们已对坐十几分钟，两人的甜品即将见底，除了开场白，我却不知继续聊什么话题。我可不甘心尴尬收场，正搜肠刮肚地回忆班级趣事，忽然一声门响，一阵冷风吹得我一身鸡皮疙瘩。背后传来一股难以名状的恶臭，郭蕊皱起了眉。

　　一只干枯皲裂的手伸到我面前，一张肮脏的面孔几乎贴到我脸上。乞丐怎么会进店里讨钱？更令人惊奇的是，这老乞丐的破衣烂衫竟搭配得别有风味：上身外大里小，下身亦裤亦裙，色调统一却不无趣，洞洞鞋，无袜，脚踝冻得通红，拖着一大包叮当作响的易拉罐。他白发至肩，长须过胸，随着空调制造的暖气涌动。好一个仙风道骨的老乞丐！

　　"你要我吃剩的甜品？"我把汤汤水水往他面前一推，他无动于衷。

　　"你要钱是吧？"我恍然大悟，从裤缝抠出几枚硬币，啪地拍在桌子上。老乞丐岿然如雕塑，一阵阵恶臭扑面而来，郭蕊两条清秀的眉毛快缠到一起了。这样一座活动垃圾堆也吸引了其他客人的注意，十几束探照灯一样的目光照得我无处遁形。这样下去，谈话兴致都要被他捣毁，我盼星星盼月亮的约会就要草草画上句号了。

　　"服务员！"旋即我有了主意，"你瞧，这么干净的店里杵着这么一位，用餐环境都被破坏了……"

　　二十出头的小姑娘脑筋活络，我尚未说完，她便隔着两层餐巾纸抓住老乞丐的胳膊："今天不行，今天不行，改天再来。你看，不是我们不让你进来，这回顾客不乐意了。"

老乞丐被服务员推到窗外，餐巾纸被服务员顺手丢弃，两团白色的影子随风而逝。老乞丐却不舍离开似的，直起脖颈盯着"满记"的招牌。我强迫自己转移注意力，郭蕊双颊绯红，与夕阳相映成趣。

我献着殷勤："你还想吃什么甜品？"

郭蕊把餐盘一推："蒋鹏翔，你不觉得自己过分了？那老人家少说得七十多岁，只不过想要口饭、讨点钱，你拿不出便罢，何必把人家赶走呢？外头天寒地冻，天气预报说今晚开始大幅降温。要是不在店里多沾点热乎气，保不准今夜他就冻出个三长两短。"郭蕊用食指点着我，一副咄咄逼人的架势，"蒋同学，你危险啊，从今晚开始，你可能得背负一条人命度过余生啊！"

我无声笑笑，女生总乐意小题大做："我怕他身上的臭味熏到你，你的眉头都拧成了那样。"

"我是觉得他可怜！那么大岁数的人，本该子孙成群、安享晚年。现在呢？风餐露宿无依无靠，还被没爱心的人驱赶。"郭蕊越说越急，气血上头，脸颊红得能烧起来。她极度鄙夷地看了我一眼，竟起身告辞。

"干吗急着走？"我穷追不舍。

"去找那老人，给他钱和食物，怎么也得让他活过今晚！"郭蕊连头都没回，门动风响，而后一切归于平静。

　　事发突然，我颓然落座，像刚进行完长跑，心脏怦怦跳到喉咙。

　　就这样结束了？我日思夜想的初次约会，竟被半路杀出来的老乞丐毁了！

　　追，去追她！我告诉自己。于是，我快步冲了出去。与坐在门口的顾客错身时，我突然发现身为班主任的语文刘老师正和她上小学的儿子享受着冬日阳光，她的目光竟直直穿透我，怕尴尬似的，移向别处。

　　不晓得她无声无息于此处坐了多久，是否已掌握我和郭蕊的情况。无疑，局面对我相当不利。我只能视若无睹，一径冲出甜品店。

　　茫然四顾，哪还有郭蕊的影子？

　　我也不敢返回，满屋看热闹的顾客，还有态度不明朗的语文老师，都让我感到难堪。

　　我蹲在地上。辛苦积攒两周的零花钱怕是已打水漂了。

　　为了不给郭蕊留下臃肿的印象，我的衣服穿薄了。我在天寒地冻中寻觅了两小时，垃圾桶旁、天桥下、暖气井盖上，郭蕊或者老乞丐都像人间蒸发了一般。其间，我给她打过三次电话，无一不是忙音。直到一个猛烈的喷嚏打乱我的脚步，随后又是一个……十个喷嚏迫使我不得不终止寻觅。

　　果然如郭蕊所言，晚上变天了。风扯着光秃秃的树枝，零星下起小雨，随后西北风裹挟着雪花席卷而来，打得窗子啪啪作响。我一整夜不得安生。我梦见老乞丐被雪掩埋，堆成小山丘，出现在J城闹市区；而郭蕊身着大红羽绒服，如夕阳，在雪堆上上蹿下跳，对我大声呵斥："都是你害的，都是你害的……"

第二天我就病了，昨天傍晚的鬼风把我吹成重感冒。我酣睡了两天，其间，几个哥们儿好像来看我了，半梦半醒中，我听见他们安慰我好好养病。有一个人似乎幸灾乐祸地说"回学校可有烂摊子等你收拾"。另一个人不满地拍了他一下，前者知趣住嘴。

周三我才去学校。口中无味，上学路上我特意剥了一只橘子，好巧不巧，橘子水喷了我满眼。我又是流泪又是皱眉，将自己揉成兔眼。我以这副尊荣出现在学校，教室里人数刚过半，除了几个哥们儿，没有人注意到我。

我怀疑自己对橘子水过敏，右眼泪水不断。人渐渐多起来，几个女生凑在一起嘀咕什么，郭蕊身在其间。女生中的一个频频回头看我，傻子也知她们在议论我。不自知的女生真碍眼，我本打算向郭蕊为那天的失礼道歉，顺带问问她后来是否找到了老乞丐。可那些女生阴魂不散，我拉不下脸插入其中。

曾经为郭蕊吹"枕边风"的女生居然主动走向我："哟，你咋哭了？做亏心事后悔了？愧疚了？"

阴阳怪气，谁晓得她打什么主意。好男不跟女斗，我直接扭过身子："我过敏了。"

"过敏？我看是报应吧。你做过什么好事自己心里清楚！我真后悔劝郭蕊跟你去……"她竟不好意思说出"约会"二字，闹了个大红脸，好像被我欺负似的。

我的好哥们儿同情地看着我，我隐约猜到所谓"烂摊子"究竟指什么。我索性粗起嗓子："郭蕊，那天的事是我考虑不周，我没有爱心，我无事生非……总之对不起了！不知后来你找到他了吗，我白白找了你两个小时，冻得鼻涕一把泪一把，你瞧，这场大病就是老天给我的惩罚。"

我还是不死心，那就是可大可小的一件事，服个软、认个错就算过去了。谁知郭蕊越过女生们朝我看了一眼，目光让我不寒而栗。

"郭蕊，"我恳切地问道，"你将他安顿好了吗？"

"他死了。"郭蕊看着我的眼睛，轻描淡写地说，口气好似随意丢弃一件废置的破烂儿。

我看着郭蕊，她的眼睛里有深井或是黑夜，我陷进去了，意识抽离身体，连耳朵都变成报废的物件——我居然出现了幻听。

他死了……死了……死了……不断回荡，循环往复。我浑身冒出一层鸡皮疙瘩，背后密密匝匝全是汗水。

"他死了……怎么死的？"一阵阵晕眩感向我袭来，这句颤抖的疑问不像我发出的。

"当然是冻死的，被你害死的！"

我早料到是这个答案，郭蕊不过证实了我的猜想。我像害病一样浑身剧烈颤动，把脑袋埋进臂弯中。哥们儿几个连忙过来安慰："小蒋，你没事吧？"

眼前一片模糊，我推开他们，晃晃悠悠走到郭蕊面前。尚未组织完语言，我的嘴巴已经不受控制："郭蕊，你凭什么说那乞丐是我害死的？那夜降温，就算不被我赶出去，他也不一定能活到现在！"

我虽震惊，逻辑还算严密。

"在你生病的这几天，我做过调查。老乞丐经常光临那家'满记'，客人如果没意见，店长也睁一只眼闭一只眼。店员会把吃剩的甜品加热给他吃；当晚降温，他们可能提供一个储物间供他休息。当然一切只是可能。他死了。他是哑的，脑筋也不好使，被你赶出去就没有回来。蒋鹏翔，乞丐也是生命，你害了他呀！"郭蕊歇斯底里地说着，泪水蜿蜒，遍布脸孔，整个教室一片寂静。

我倒退几步，身后的桌椅被我撞得东倒西歪。我……我居然成了杀人凶手？

不！不是我傻了就是郭蕊疯了，在场这么多人，他们都不正常了吗？我蒋鹏翔从小到大连蟑螂都不敢踩，活生生的人命竟然叫我给害死了？我想哭，又想笑，可笑，真可笑！我拼命撞开门口瞧热闹的看客，冲进厕所，用自来水冲自己的脸。冷水刺骨，却也使我清醒：J市每年都有无数流浪者死去，谁也不能断言他们因为某个人的缘故丧失生命。郭蕊为老乞丐的死亡盖棺定论，未免过于武断，谁晓得他在风雪夜又经历过什么？

我挺直腰板，胸口被水洇湿一片。我抱定信念，老乞丐的死与我无关。我甚至微笑了一下，向急匆匆赶来的哥们儿报平安："你们喘什么？难道怕我掉到坑里把自己熏死？"

上课铃响了，我步履轻盈地走进教室。郭蕊双眼红红，我的右眼红肿，彼此相视无言。我们的关系像这场悲剧一样告一段落。

我的兔眼红了三天不见好转，视线时而清晰时而模糊。我妈不知从哪儿求来一剂眼药水，吹嘘包治百种眼疾。老太太坚持亲自为我滴，面贴面叫我浑身不舒坦。

"哎呀！"忽然，她像发现新大陆一般尖叫，"我才注意你的左眼也这么红，黑眼圈还特明显。最近休息不好？有心事吗？"

心事？我哑然失笑。我能向老太太坦白，十五岁的我身上可能背负着一条人命吗？依她的性格，不得精神失常、天塌地陷？

我和郭蕊的关系亦降至冰点，面对面装作不认识，又不是"最熟悉的陌生人"，毕竟我俩尚未熟络起来。她觉得我是杀人凶手，我觉得她是诽谤分子，总之互相看不惯。

我的生活从未陷入如此低谷。从前我仰慕郭蕊，因为她每天放学经过篮球场，所以在球场上，我跑得最快、跳得最高，冲撞起来无人能及；她是实打实的学霸，次次考试班级前三，所以我不得不迫使自己在最厌烦的语文和英语方面下功夫，为的是下次考试排名时跟她靠得近一点。而现在，我丧失了动力。球场一再失意，右手食指、中指挫伤；英语成绩也突破历史新低。

语文课上，拗口的白话文搞得我晕头转向，又是连堂！自"满记"偶遇，我老实了好一阵，但语文刘似乎没有找我麻烦的意思，大概那天她把心思全放在小儿子身上，将别人都视为空气。

有朋友约我逃课去打球，我痛快答应。反正有课桌上摞得老高的书打掩护，我们的座次又属于最后一排的"灰色地带"，平常各科老师连眼皮都懒得朝我们抬。

我们撒野半个钟头，打得头发里都是汗。北风猛烈，残雪未消，我们全脱得只剩衬衫，头顶呼呼冒白汽。曾经生龙活虎的蒋鹏翔又回来了！我跟哥们儿勾肩搭背地走回教室，他欲言又止："小蒋，我晓得那件事跟你没关系，但是吧，最近的舆论对咱们不太有利……"

"舆论？"我警觉起来，"又有什么舆论？"我摊开双手，"这两天我什么都没听说啊。"

"他们没在生活里说，他们是在……"话到嘴边，他却不肯继续。任我软硬兼施，他的意志坚定如刘胡兰。没劲，真没劲！

语文刘正在讲评上次布置的作文，趁她誊板书的工夫，我和哥们儿迅速弯腰溜回座位，没想到还是被她抓了个正着。

"这次的作业，有五个同学字迹潦草、态度敷衍，让我十分不满意，其中就有刚刚逃课打球回来的蒋鹏翔同学。"

彼时我刚把半个屁股放到座位上，一条长腿尚留在过道中央。语文刘这招真狠，她目光炯炯地看着我，像在把我重新介绍给全班同学认识似的。果然，四十几个脑袋如听到命令一般齐刷刷转向我，如雕塑一般一动不动的我更加不知所措。

郭蕊如刀锋般的目光最为显眼，像要在我脸上刻出一道道痕迹。我的尴尬引来一阵善意的哄笑，语文刘的声音掺杂其中："下课后来办公室一趟。"

我驼着背，耷着脑袋，生怕别人注意到我。大个子如我，被唤进办公室可不是什么光彩的事。

我的出现引得几个年轻老师窃窃私语，她们都不是我的任课老师，却好像都认识我。怪事，我又不是全校皆知的风云人物。难不成那个谣言传到了老师这儿？我出了一身汗，不敢深想。

"你晓得我为啥叫你来不？"

"因为……作文应付？"我犹豫不决。

"这只是一方面。"她看似心不在焉地整理教案，"这段日子我听到一些风言风语，当然，我确信那件事儿与你无关。只不过那事儿闹得确实有点大，连校长都惊动了。可是既然已经发生，怕是没别的补救办法。老师希望你低调做人，不要再逃课打球了。时间是最好的良药，相信再过不久，大家的注意力就会被别的事吸引走。"

我听糊涂了，那件事儿？我笑起来："您是说我把老乞丐害死的那件事吗？"

这话一出口，周围纷纷响起倒吸凉气的声音，语文刘的脸变得煞白："总之你明白就好，低调做人，低调做事，记住老师的话。"

我激动起来："为什么你们认定老乞丐的死因我而起呢？刘老师，那天您也在'满记'，您亲眼看见我只是将他赶出去。那夜风雪肆虐，谁晓得他又经历了什么？"

我激动万分，接下来的话语被语文刘惊恐地打断："你莫瞎说，这件事从头至尾我都是从网上获知的。我从不吃甜食，又怎么会在现场？现在你可以回去了，好好反思你的所作所为。"

我疑惑地看着语文刘："那天您不是……"我下意识住了嘴，忽然领悟到语文刘为何如此表现。我起身告辞，不忘给语文刘宽心，"您放心，以后我和郭蕊也再没关系。她是好学生，我不能耽误她。"

语文刘心领神会地点点头。

身为我的班主任，那天她在"满记"，却没阻止我。她这么爱干净的一个人，一定也受不了那味道。因为她没阻止，乞丐死了。有个词怎么形容来着？共犯！

我无声笑笑，走出办公室。她在"网上"了解事情的始末？校长也一定是被"网上"的言论激怒了吧？我倒要看看是谁在网上唯恐天下不乱。

卧室里只有我自己，窗帘紧紧闭着，一丝光都透不进来。其实窗帘只是多余的摆设，冬天的七点，天空像被泼了一层墨水，黑得彻头彻尾。

敲门声传来，这是第三次，相对前两回，这次的敲门声变得粗暴和急切。

我妈叫我吃饭，说菜已经热了两回。老太太真是典型的头发长见识短，这节骨眼儿了，吃饭事大还是清白事大？我胡乱应了几句，我妈不满离去。

没开灯，我一动不动地坐在电脑前，已经好几小时。煞白的屏光映着我的脸，无数蓝色、黑色的字句在我眼前滚动。

我丧失了一切感知世界的能力。视觉、听觉、触觉、味觉，我麻木地盯着电脑屏幕，耳朵里回荡着电器漏电的嗞嗞响声，浑身僵直冰冷，口腔内酸涩微苦。

原来，数天以来我已经是学校网络论坛讨论的绝对主角，舆论度远在即将到来的期末考试、寒假、票选最美女老师／最帅男老师的热帖之上。关于我的帖子不下三百个，密密麻麻占据了论坛前三页，从"蒋鹏翔杀人始末"到"详扒高一（3）班蒋鹏翔，是懵懂无知还是杀人狂魔"这样的知音体标题，什么样的八卦都有。我不知自己在网络世界竟如此大火。还有个类似福尔摩斯的牛 × 知情人埋伏在我身边，那人把我的出生年月、身高三围到爸妈工作，乃至喜欢的异性类型，以及从小学伊始就作的妖，事无巨细，条条罗列。中间夹杂对我小学、初中的老师、同学的采访，全面还原我的个性脾气。更夸张的是，还有无数延伸帖子，从我的星座、交友标准、择偶类型，论述我成为无敌杀人狂的可能性。

我深吸一口气，颤点鼠标，光标游移不停，"下一页"好久才被我点实。

谣言犹如一棵巨树，枝繁叶茂、盘根错节，若想追根溯源，只怕长长的根系早已扎在土地最深处。

一直翻了三页，我才找到始作俑者——第一条与我相关的帖子：

有人认识高一（3）班的蒋鹏翔吗？进来看看，知人知面不知心的他犯下何等滔天大罪。

标题的语气颇为欢脱。帖内详细论述我何月何日在何处用餐，"郭蕊"的大名用"某位女同学"代替。在老乞丐出现之前，叙述都颇为冷静。直到我将乞丐赶出去，画风急转阴暗。接下来的内容是对老乞丐暴尸街头的猜测，其中不乏对我种种阴险的揣度，仿佛郭蕊冷酷无情的口气。

　　我看向用户头像和名称，屏幕左上角，一枚指甲大小的方块，一朵蓝色的花充满相框。用户名称更加简单：匡扶正义大侠。

　　查看该用户资料，信息填得潦潦草草。性别为"男"，没有出生年月。过往发言更是单一，这是唯一一条帖子，没有回复也没继续更新。上次上线时间与发帖时间重合。

　　我呆呆坐着，耳朵里嗡嗡作响。蓝色花朵仿佛张大嘴巴，满口獠牙，咆哮不停。

　　我明白这条帖子只是一只鱼饵，它沉入浩瀚无边的互联网海洋，只为钓起藏匿在海洋深处的大鱼。

　　它的目的达到了。如果我的猜测正确，这个 ID 大概永远不会再上线。

　　我无比烦躁，将脚边的矮凳踹飞。去他妈的匡扶正义大侠！我打开私聊对话框，用力敲打着：

　　　　你这是造谣！诽谤！我如果告你，够你喝一壶的。

　　我知道我这样做，无异于向浩渺的大湖投下一小粒石子，不会激起丁点涟漪。

　　我依然豪气冲天地威胁着：

当心，别叫我知道你是谁！一旦我得知，看我不揍得你满地找牙！

我的脑海中闪过无数张脸，冷若冰山的郭蕊起起伏伏，激起千层波浪。

手机毫无防备地叫起来，我一蹦三尺高。定了定神，那边传来某个哥们儿方寸大乱的喊声："蒋鹏翔，你看新闻了吗？有人在郊外发现了无名尸体，警方正登启事寻亲呢！"

"啊！"我大叫一声，立刻站起，站得比旗杆还僵硬、绷直。

我前面的人头挤挤挨挨，我没想到本市丢失人口的家庭如此之多。

打电话的哥们儿陪我在警局门口站定，不敢再前进一步。

"不管啥事，都得勇于面对啊！"这小子竟语重心长地拍着我的肩。

我心生不快，将他狠狠甩到一旁。

和很多悲痛万分，既饱含希望又充满绝望的家庭不同，我夹在其间，其实既胆怯又心存侥幸。

我希望死者不是那个老乞丐，同时又在琢磨，倘若老天不开眼，果真是他，我该如何是好？是转身逃走，还是积极自首？更或者，假如我心理素质强一点，说不定能积极面对，事不关己地坦然离开。

在谜底揭晓之前，一切都只是我的猜测。

乞

　　警局大厅人满为患，这边高声喧哗，那边低低啜泣。一个看似发言人的中年男人姗姗来迟。和我的想象不同，工作人员没有将尸体推出由亲人辨认，那位中年男人举着一张照片高声宣布死者特征。

　　照片上，死者衣衫褴褛，面向沙地而倒，裸露的双脚特别扎眼，瘦弱的身躯几乎被高草掩埋。死者头部所朝的方向，是一片结冰的野湖。拍照时间大约是今天，风寒日清，湖面被照得一片晶莹，显得尤其美好。

　　一切特征都对上了，"年老""拾荒""死亡时间判定为一周前"，我的心脏骤然紧缩，快要承受不住时，我忽然听见"女性"二字。

　　我不由自主地笑了。

　　我靠在大厅门框，脚软腿抖，笑得灿烂异常。

　　不知那具无名女尸最终是否被亲人认领，我提前离开现场，搂看等待的哥们儿又哭又笑、又跳又叫，像是嗑药嗑 High 了。

　　我头回觉得凛冽的冬夜这么讨人喜欢。

　　一夜无梦。按照我的尿性，我应该会梦见那具被冬日阳光温暖照耀的无名女尸，女尸回头，脖子上会是那张长须过胸、仙风道骨的老乞丐的面孔。

　　幸运的是，我没有梦到任何人。

　　虽然郭蕊坚称老乞丐被我害死了，但她既拿不出老乞丐死亡的证明，也拿不出我是罪魁祸首的证据。这件事就是绝对的死无对证。

认尸这件事无形中加重了我的天平砝码，减轻了我的负罪感。第二天，我一身轻松地去上学。即便和我打招呼的只有那几个要好的哥们儿，即便同学们仿佛刻意躲避我，与郭蕊交好的女生朝我射来数道白眼，但我一点也不在意。

不意外，女生们永远扎堆，如一千只乌鸦，唧唧喳喳、吵闹不休。

我一把将郭蕊拉出来，我此举伴随女生们不满的叫骂。

我如地下党接头，在她耳朵轻轻吹气："你拿不出证据，就算那老乞丐死了，也不能定论和我有关系。"

"还有，"我看着她的眼睛，"那个 ID，我知道是谁。"

"我是拿不出证据，可我有舆论。"郭蕊周身散发着可怕的冷气。

不可理喻，我实在懒得跟她争执。我将她的胳膊一把甩开，郭蕊竟在我身后说："我是拿不出证据，可你心里清楚，老乞丐就是被你害死的。你这辈子将背负这个生命，永远别想翻身。负罪感将如影随形，别说告我诽谤，就是打我，我看你也未必有胆量。其实你心里清楚，别麻痹自己了，你比谁都清楚。"

我站在原地，双脚如同生根，无法移动。仿佛一股毒气在体内弥漫，我的胸口钝钝地痛起来。

郭蕊说得没错，我很清楚，比谁都清楚。潜意识里，老乞丐就是被我害死了。

这个结局，从我为了讨好她将老乞丐从"满记"赶出去的那一刻就已注定。

我的生活因此变成一团毛线，越扯越没头绪，越扯越杂乱。

我变得夜不能寐、食不知味，少言寡语、不露喜悲。

我到了一个前所未有的全新境界，双脚仿佛脱离地面，心永远浮在半空。

和别人沟通变得越来越困难，无论家人、同学还是老师，当他们用复杂的眼神盯着我时，我感觉每个人都有可能冲上来、扯着我的衣领，声嘶力竭地嘶吼："蒋鹏翔，你怎么好好的就变成了一个杀人犯呢？"

并不是我敏感，我周遭的环境确确实实在不动声色地变化着。

比如，我爸我妈一改对我居高临下的态度。我不想吃饭，老太太不再一热再热、一催再催。饭菜会被放在厨房，我通常在半夜被饿醒，匆匆溜进厨房，草草填饱肚子。

有一次晚饭时，我正意兴阑珊地啃着鸡腿。我妈没来由问了一句："鹏鹏，你最近心不在焉的，发生什么事了吗？"

"没有。"我头都不抬。

"你要知道，发生什么都不重要，只要你勇于承认错误。我们不期盼你成龙成凤，重要的是咱们一家人在一起。"我爸动情地抓住我的手。

娘的，又是动之以情这一套。老头儿、老太太一定从哪儿听到什么风言风语。难道他们认定这件事会是一顶千斤重的大帽，压得我永无翻身的可能？

我烦躁地看着他们，将碗推到一旁。两人害怕地对望着，不敢多言。

两人的确听到了风言风语，这点毋庸置疑。

这天晚上，我比往常早回家。推开我的房间，我妈正慌里慌张地往抽屉里塞着什么。我瞥见了封面，那是我的日记本。一定是她寻找蛛丝马迹时过于入神，才没听见我的动静。

"领导时刻关注下属的思想动向嘛！"我讥笑着，将书包摔在床上。

"你最近的作业有点潦草，我只是随手翻翻，打开才发现这是你的日记。"老太太专注地看着我，忽然问，"你的眼睛怎么还有点红？"

我以为老太太试图转移我的注意力，抬手揉眼，感到一阵刺痛。过敏已经持续一个多星期，我根本无暇顾及。

我虽然有记日记的习惯，但记录的都是无关紧要的小事。况且，我上次写日记是在邀请郭蕊一周之前，我甚至没在里面吐露过对郭蕊的感情。我知道日记本什么的早晚有一天会落到老太太手里。

其实还真有些东西想记录下来。比如这段时间，我的好哥们儿打球、买零食、去网吧上网都不再叫我。

有一次我实在克制不住大声质问陪我去警局的哥们儿。

那小子装傻充愣："打什么球？快期末考试了，大家都忙着复习，哪有时间打球？"随后他向周围求证，换来四方又是点头又是摇头的呆愣回应。

　　我点点头，算作默认。

　　谁都没我清楚。昨天放学，我去车棚取车。车棚在教学楼后面，紧靠一个空旷的篮球场。那球场的篮球架东倒西歪，篮筐下已没了篮网。我刚走过去，如心跳般强有力的运球声吸引了我，那些又笑又骂的呐喊我熟悉得不能再熟悉。我远远地看着他们，他们打得全神贯注，完全没发现我。

　　还比如，以前只有以郭蕊为首的女生将我以仇敌视之，恨不能亲手将刺绣着"杀人凶手"的棒球帽戴到我头上。但不知为何，从未与我说过话的隔壁班仇视者也渐渐多了起来。

　　有一回，我憋着一泡尿跑向男厕，一个壮硕的男生半路将我拦住。那是校篮球队的个中好手，我只闻其名，可惜从未交过手。

　　那小子劈头盖脸便说道："你怎么还有脸来上学？发生这样的事儿，你该以死谢罪。你这样的人根本不配活着。"

　　"你丫滚蛋！"我冷面骂道。

　　一只小南瓜大的拳头迎面砸过来。

　　譬如种种，不胜枚举。

　　我的生活，发生了翻天覆地的改变。

　　从老乞丐迈进"满记甜品"的那一刻，便是海天倾覆的开端，只可惜我当时没能察觉。

时间过得很快，转眼之间，我便看到夹在我作业本里的那些字条：

> 去死吧，傻 ×！
>
> 人命比猪狗贱！
>
> 你能心安理得地吃饭、睡觉、生活吗？你该去自首！

那些话被不同的笔迹写在不同的字条上，杂乱地夹在我的语文作业本中。

作业本被课代表若无其事地扔到我桌上，一只巨大的泥脚印横跨封皮对角。

我一下子耳鸣起来，轰然起立。拥挤的教室中，每个人都在忙碌。好像每个人都很无辜，每个人又都有作案嫌疑。

我眯着过敏的那只眼睛，难受得昏天暗地。

我的房间里，电脑主机发出沙沙的、如同呓语的响声。我死盯着电脑屏幕，第二次登录在学校论坛注册的 ID 账号。

我无法相信自己的眼睛。

用户名为"匡扶正义大侠"的 ID，居然在昨晚再一次上线。对方没有回复我意气用事的挑衅，反而发来一段长不过十秒的音频。

我咬牙切齿，将电脑桌捶得摇摇晃晃。郭蕊！

那截音频前半段只有嗡嗡杂响，后半段忽然变安静。一片令人心慌的寂寥中，一个沙哑、深沉的嗓音幽幽响起。

"等着我……等着我……"

对方选择了"听后即焚"，灰色长条只播放了一遍，就消失不见。

而那声音却在我脑袋里回荡不停。

"等着我……等着我……"

不知多久，我一动不动。满手汗湿，纤巧的鼠标快被我攥碎了。

我妈进屋为我收拾脏衣服，轻微推门声响起，我直接从电脑椅上跌下来。

我冲进教室，众目睽睽之下，一把抓起郭蕊的手腕："你究竟在搞什么鬼？"

"你在说什么？"郭蕊冷漠的灰眼睛无神地看着我。

"你自己知道！究竟要怎样你才罢休？"

"你意识到错误了吗？"

"我没犯错误！"我背水一战般大吼。

"既然如此，我也听不懂你在说什么。咱们拭目以待咯！"郭蕊微笑着摇了摇美丽的脑袋。

"好吧！"我放开她的手腕，退后一步，举起数学卷子，上面变本加厉地印着更多脚印。我站在椅子上，对着教室里的同学大吼，"我蒋鹏翔，现在遭受了恶毒的污蔑。显然，有些同学不这么认为。那好，现在我告诉你们，昨天我收到一段音频，就是那个你们认为被我害死的乞丐发来的。他说让我等着他，我只好理解为他要带我走。将死之人，我什么都不怕了！我要告诉你们，谁在背地搞鬼、讲我的坏话，被我发现，一定不会轻饶。如果我变成了鬼，一定会以老乞丐的方式报复你。不信，你就试试看。"

我像挥舞招魂幡一样，数学试卷上下翻飞。

我以为一切将到此为止，谁知，这只是开始。

纷至沓来的是各级领导的谈话。

从班主任语文刘到教导主任，从教导主任到副校长。据悉，大Boss正校长，那个白发两鬓、神龙见首不见尾的老头因公事出差，不然，他一定会是谈话的最终环节。

除了那些荣誉等身、化身为光荣墙上大头照的风云校友，鲜有学生能直接跟正校长对话。我呢，仅差一步，不知是幸运还是不幸。

谈话内容大同小异，无非劝我低调行事，切莫招摇过市，也一定不要跟同学起冲突。原因是某位任课老师向领导反映，有次他拖堂，走廊人声鼎沸，他面不改色地讲述我国近代社会重大变革。窗外人影闪过，几个尖细的女声唧唧喳喳："高一（3）班，就是这儿！对！看那个男的，蒋什么的，把老人家害死了，心真狠啊！"

那位老师声情并茂地讲述着无趣的历史世界，全班同学回过头来看着我，尤以郭蕊的眼神最为醒目。

那一瞬间，我才顾不上什么"怜香惜玉"，劳什子"好男不跟女斗"。我抓起邻座的铁质铅笔盒，充分发挥投球手的优势，对准露出窗户的半个脑袋砸过去。

随着谈话等级的升高，我身边的随行人员越来越多。当语文刘找我谈话时，听众只有虽然竖起耳朵，但假装不在意的同办公室老师。我走向教导处时，语文刘陪伴左右。当我大义凛然，如赴刑场地踏进副校长办公室时，发现皮沙发上已然坐着语文刘和教导主任。

领导级别高了，谈话水平果然不同凡响。副校长除了高度概括两个下属的讲话内容，话里话外向我透露着明确的信息：他希望我休学，等风波过了再回来。当然，有可能的话，尽量转学。

我知道他担心事情闹大，对学校声誉带来损害。

当时我就坐不住了。风声正盛，假如我卷铺盖滚回家，不等于坐实谣言，证实了大家的揣测？从此，我非但要在良心不安中惴惴度日，甚至横飞的唾沫都能将我淹没。

抬起头，我仿佛已经看到前景黯淡的将来。

我不断摩挲着皮沙发的扶手，黏糊糊的手汗终于消失。我温吞吞地说："不，我就待在这儿，哪也不去。"

"你说什么？"大领导把嘴里的茶叶渣吐到杯子里。

"我说，"我精神亢奋，蓦地站起，"关于我的一切传说都是谣言。

我永远不会向谣言低头。因为没有证据表明老乞丐已经去世，退一万步讲，就算他已经死了，那个夜晚大雪纷飞，除了受冻，谁能说清他又经历过什么呢？凭什么断言因为我将他赶出去，所以他被冻死了？"

副校长推过来一沓白纸："我们派人调查过，那天之后，乞丐再也没有去那家'满记'乞讨过。没人说你和乞丐的离世有直接关系，我们只希望你能避开风头，莫叫这件事伤害到你。"

我一下急了，牙舌打战，口不择言："那天，我把他赶出去，是有许多客观因素的。比如，他邋遢的模样已经影响大家用餐；比如，他身上味道奇大。我看到很多人已经用表情表达不满了，我只是把大家的想法说出来而已。如果落实了他因此而死，那么只能说他是被所有食客害死了。当天的场景绝对属实，不信，您可以问刘老师。"

"蒋鹏翔！"语文刘一声高喝，慌乱站起。

副校长和教导主任诧异地看着她。

语文刘一把抓起我的手，胡乱说着"我再给这孩子做做思想工作"就将我又扯又拽地拉出办公室。

"你怎么回事？不是说好这些话永远不再提吗？"语文刘急得眼里都是泪。

"如果再不提，您就是害了我。"我的表情一定像吃了大便。

"可你提起来，就是害了我。"语文刘喃喃自语，"一个教育工作者，因为没有阻拦自己的学生，造成无辜死亡，这是重大失职。世人能骂死我！"

"这样说来，您只能眼睁睁看着世人把我骂死了。"我浑身颤抖着。

语文刘哀伤而抱有歉意地望着我。

两天之后，语文刘在我们学校消失了。

新班主任换成一个二十出头，师范刚毕业的年轻女孩，她看上去一丁点震慑力都没有。语文课代表说语文刘的办公桌都空了，大家震惊之余不免猜测这个一贯称职的老师不告而别的缘由是什么。

只有郭蕊一言不发，眼睛在讲台上单薄的年轻老师和我之间来回扫视。虽然她眼中的仇恨不再那么强烈，但我觉得她的目光就像一把锈刀在割我的肉，疼痛纯粹而绵长。

聪明如她，一定非常清楚语文刘为什么逃走。

语文刘一走，好似支撑天花板的承重柱轰然断裂，我不知自己还能撑多久。

这件事经由四通八达的网络世界快速传播，很快，其他学校也知道这件事。最初这只是学生之间热议的话题，没多久连成年人都掺和其中。我猜，八成 J 市新闻节目的制作人是某个学生的家长，正为找不到社会热点而焦头烂额。如今守株待兔，话题不请自来。

新闻节目制作组扛着长枪短炮闯进我们教室，惹来一阵惊呼。灯光师打开照明灯，惨白的灯光明亮如九天之上的太阳，我的眼睛被照得一片空茫，脑袋一阵晕眩，随即裤裆中温热无比。

我匆忙逃往厕所，狼狈得想死。

我在臭气滔天的隔间里躲了很久，熏得眼睛里都是泪。一节课之后，我穿着半干的裤子返回教室。摄制组已先行离开，每个人的眼神都很暧昧，不知他们对着话筒说了什么。我所到之处，大家无不皱眉捏鼻。班长忽地站起："蒋同学，出去吹吹风再回来好吗？班级这儿清新整洁，你再瞧瞧自己……"

大家一阵哄笑。

我忽然觉得，此情此景，这段对话，熟悉得可怕。

我呼吸着身上的臭味，拼命回忆着。

采访我们班的新闻节目开播了。

我正在吃饭，低着头，毫无知觉地把一团团米饭扒进嘴里。我不想看内容，只听声音，确切地说是在寻找我的名字。好在，自始至终，"蒋鹏翔"三个字，都没在旁白或被采访者的口中出现。也有可能是我的同学提及我了，剪辑师心善，去掉了而已。

长篇累牍的采访报道后，主持人总结道："中学生因为不堪老年乞讨者的打扰，将其赶出甜品店，致其死亡。这件事表明了学校对学生道德教育的缺失，我们的社会、学校、家庭，应从事件本身反思天性善良的孩子，为什么会变成这个样子……"

女主持的嘴巴张成一个难看的"O"，我爸一声叹气，用遥控器将电视关了。

我爸说："不知怎么，我们单位的同事都知道这件事了。"

"我单位也是，"我妈哀伤地看着我，"坏事传千里。"

老头儿说："实在不行你就休学吧。有必要的话，我们可以举家搬到别的城市发展生活。时间和距离可以让这一切变淡。"

"我不休学，我们就在 J 市生活，哪儿都不去。"我麻木地把一块没有挑刺的鱼肉咽下去，"如果我们走了，就是把老乞丐死的责任全部包揽。我这辈子都不可能摆脱这件事的阴影。"

我狼吞虎咽，老头儿和老太太用恐惧的眼神注视着我。

连我自己都难以相信，事已至此，我居然还能坚持上学，真是奇迹！

以前体育课我都和几个哥们儿打篮球，事到如今，我再也没有和他们一起玩的可能。更何况我既没心情也没体力，什么都不比独处叫我舒坦。

我向体育老师请假。

"身体不舒服？"因为我球技出色，一向对我另眼相看、关爱有加的体育老师，似笑非笑地看着我。

我身后的同班同学，发出几声怪叫。

幸好最后体育老师准了假。我一个人在充满书的空荡荡的教室晃荡，大开的窗户外头，传来精力充沛的喊叫。球场上驰骋的男生和操场边散步聊天的女生，那些青春活力的身影，叫人发自内心地羡慕。

鬼使神差，我顺着楼梯，打开了通往天台、明确写着"师生止步"的铁门。

眼前一片开阔，教学楼有六层高，天台中央矗立着一只巨大的烟囱，周围没有围栏防护。

云彩擦着头顶掠过，风犹如浅吟低唱，又如深沉呼吸。天空无比湛蓝，极目远眺，J市边界，被一片灰色隐约笼罩的低矮平房。

越过那片平房，大概就是一望无垠的原野。

我不禁思忖，等如兔笼一样将我束缚的那件事随着时间烟消云散，无形的铜墙铁壁从我身边抽离，越过它，崭新的世界将是什么样子呢？

不知不觉，我走向天台边，那儿没有围栏保护，严重恐高的我一阵眩晕。那些人啊，都那么小，曾经是我左膀右臂的那些铁哥们儿，曾经被我喜欢过但又转身伤害我的郭蕊，就是脚下这些不起眼的黑点。芸芸众生的恶言恶语、恶意中伤又能算什么呢？

我的脑袋一阵空明，总有一天，这些坎坷都会过去的。

晕眩渐渐消失，我聚精会神地盯着脚下的土地，心中的郁结被风越吹越淡。

我不知俯视多久，校园中稀稀稀拉拉的黑点渐渐起了奇怪的变化。

他们原本三三两两没有规律地分布在各处，如今竟如流入大海的河水般聚集在一起。

那些人都不约而同地喊叫着，当我回过神，才发现上百号人聚集在教学楼前，每张脸都齐刷刷地抬头仰望。无疑，他们发现了违反校规、登上天台的我。

而他们究竟在叫嚷什么呢？

我屏息凝神，好久好久，终于，他们的声音穿云裂帛，我可算听见了。

他们在喊："蒋鹏翔！有话好好说！不要跳！不要跳！"

我的心脏像擂鼓一般，浑身都在哆嗦。

我满心的疑虑很快被欣慰所取代，瞧啊，这些关切、焦急、恐惧的人们，就在不久之前，将我孤立、将我视作杀人狂、恨不能逼我以死谢罪。如今他们却换了一副嘴脸。他们害怕了，他们一定害怕我顶不住流言蜚语真的跳下来。

"咚！"这声巨响将贯彻他们的余生，他们将一直背负一条无辜的生命。说不定，我会以音频、视频或别的什么方式回来，取他们的性命。

我登上天台完全是焦虑下的无心之举。我想散心，我想好好活着。这个举动，如同当初将老乞丐赶出"满记甜品"一样，无心插柳柳成荫。

我决定顺着他们的思维，借此洗脱罪名。

我站直身体，挺起胸膛，将双手扩成喇叭，中气十足地大喊："我一时半会还不想跳，除非你们承认整件事我都是无辜的！"

当那些人如跳梁小丑一般叫喊着"蒋鹏翔，你下来吧""既往不咎""就当你是无辜的"时，郭蕊不知从哪儿弄来一把开运动会才能用到的大喇叭，"滋啦"两声，整个校园里回荡着她的声音。

我的女神，如冰山一般冒着冷气、分外动人的女神，此刻却难以镇静。她泪流满面，哽咽着发不出声音。

"蒋鹏翔，请你别做傻事……其实这件事是我一手策划的……老乞丐根本没死……"

尘埃落定，所有人都惊愕地望着郭蕊。

什么？我双腿发软。

"你给我说清楚，如果不能还我清白，我立刻从上面跳下去。"

半小时后，操场上会集的黑点越来越多。

我的爸爸妈妈来了，语文刘也远远赶来了，他们哭得梨花带雨："鹏鹏，别跳、别跳，有话好好说，什么都比活着强。"

连消防车都鬼叫着开进学校，他们的云梯达不到天台的高度，只能尴尬徒劳地在空中摇晃。

我，当然不会跳。我和他们僵持着，只为等一个说法。

十几分钟后，郭蕊赶到，她后头跟着一个衣着干净、收拾整齐的白发老人。虽然没了那身滑稽的装扮，没了过胸长须，但一看到他瘦削的身子、花白的头顶，我就认定他就是这场争执的起源——那个老乞丐。

"蒋鹏翔，你看，我把他带来了。"郭蕊抓起大喇叭，又泣不成声地哭起来，"其实，那天你把他赶出去以后，我就找到他了。我劝他去了救助站，那里有吃有喝还有暖和的房间。救助站的工作人员正在积极联系他的亲人。我觉得你太冷漠，没有爱心，就编出这个谎言，想让你接受教训，成为一个有爱心的人。"

我叹了口气，大喊："所以，那个 ID 和音频都是你搞的鬼？"

"ID 是我注册的，音频是用手机录的我的声音，然后用变声软件做成那个样子。"

"后来事情越闹越大，你为什么不明说？"

"事情已经突破我的控制，我就想，也好，让它变成社会热点，使更多的人受到教育。这个社会上冷漠的人太多了。"

全场鸦雀无声，我低下头，一个劲儿苦笑。

身子轻飘飘的，我一生从没这么放松过。

我既想痛哭，又想大叫，成为世间罪人又洗脱罪名的滋味，恐怕用整个后半生回味都不够。

我爸我妈大吼大叫要跟郭蕊拼命，被老师和学生拼命阻拦。

其实完全不必了，既然已经发生，就让它发生。既然将要过去，就叫它过去。过去了的都是云烟。

身后传来小心翼翼的脚步声，我知道那是爬上天台，前来营救我的消防队员。

其实完全没必要，现在，我只想做最后一件事。做完了这件事，就安心、坦然地跟他们下去。

"大爷，你终于回来了。大爷，因为你能回来，我才重新变成了人。大爷，以后别再走了！"我大喊着，在天台上，向一个哑巴乞丐高高地跪下去。

怪就怪这下跪的动作。

我刚刚弯腰，还没屈膝，只听背后传来呼呼风声。消防员以为我要跳下，向我奔来。千钧一发之际，我下意识回头，双膝仍保持下落的状态。比一个世纪还长的几秒钟里，复杂的动作让我的身体失去平衡，继而身下一轻。

我跌出了天台。

身下传来呼天抢地的尖叫，消防员惊恐的脸出现在天台边，却离我越来越远。

我徒劳地向上抓了抓，最终选择放弃。

我将双手交叠，放在胸前。

我轻轻闭上眼睛、放松身体。随着下坠，灌进耳朵的风温柔且绵长，我的笑容纯真而坦率。

这世界从未如此美好过，真的！

炮灰
南泊湾

半夜十二点，我难以置信地盯着煞白的网页，双拳紧握、浑身发抖、泪水满盈。

我身后，被尖叫惊醒的爸妈，在看到网页上的数字的那一刻，顿时睡意全无，连天的哈欠一下子变成了颤动的唇、湿润的眼。二老一个激动地揉着我的长发，一个难以平复地抚摸自己的胸口。一声悠长的抽泣，一大滴饱含复杂情感的泪水，从我头顶滴落，啪嗒落进油渍麻花的键盘缝里。

二老交相握着手，如看到催泪电影叫人声泪泣下的大结局，声音浓重地一个劲儿重复："考上了！考上了……"

硕大的电脑屏幕上，亮得能把人照瞎的空白中央，仿宋加粗的字体异常醒目：

总分：485。

这，是我的高考成绩。

半个月前高考结束，我用一周的时间花天酒地、吃喝玩乐，剩下的一周没白没黑地担忧高考成绩。

我成绩一贯中等偏下，从来都配不上任何一句褒奖，但也不至于差到和年级人数持平。属于努力一下有可能上本科，稍微泄劲便只能在专科院校里蹲三年的那种。

　　在我因为焦虑吃不下饭、喝不下水、睡不着觉，心永远高高悬着，随时有可能摔得稀巴烂的那一周里，我爸妈一再鼓励我："能考上本科则罢，考不上学一门技术，将来也饿不死。"

　　我知道每年放榜后跳湖、跳海、跳楼的考生不计其数，他们怕我想不开。

　　对这样一对开明的父母，我打心眼里表示感激。今天便是公布成绩的日子，我从早晨睡醒后便一刻不停地点击"刷新"。无奈考生太多，服务器不堪重负，早就瘫痪。我以为爸妈会做我坚强的后盾，陪伴我一直到成绩出来的那一刻。谁知他们竟早早上床，睡前将门窗反锁，将锋利的厨具悄悄收走，扼杀我一切轻生的可能。

　　要不是这个令人惊喜的分数使我尖叫起来，二老大概会心无旁骛地一觉睡到天亮。

　　这个分数比我过往所有的模拟成绩都高了三十分不止，绝对远超本科线。

　　当我们一家人因此又哭又笑时，手机铃声突兀地响起来。我一瞧来电显示，是我的好朋友南泊湾。

　　"查到分数了？"我对着话筒说，因为亢奋，我的声音尖得刺耳。

　　"查到了。"南泊湾声音沙沙的，好像感冒了。

　　"多少分？"我仍然不自觉地用海豚音尖叫。

　　"你先说。"

"四百八十五分！"我哈哈大笑，"你呢？六百多吧？能上清华北大不？"

那边好一会儿没动静，只有呼哧呼哧的厚重而悲伤的喘息。我挥手让眉开眼笑的爸妈停止狂魔乱舞，对话筒小心翼翼地问："南泊湾，你怎么了？没事儿吧……"

那头压抑许久，终于山洪暴发般号啕大哭："我……这回我彻底砸锅了！我不想活了！"

2011年6月24日，对我的好朋友南泊湾来说，是她人生中最黑暗的一天。

一大清早，我便乘公交赶往南家。我敲门时，里面呜呜的哭泣声戛然而止。南泊湾给我开的门，匆匆一瞥，我便看见她肿得像拳头一样的大红眼圈，她周身散发着一股很容易让人联想到大鼻涕的黏糊糊的味道。

南泊湾一脸怯怯，没理会我小心翼翼的问好，像仙女儿一样飘啊飘地飘回客厅。

她一袭白色睡裙，妩媚可人。

我追随她的脚步，不敢搞出动静，站到客厅门口，嘴一歪，眼前的场景差点把我吓尿。

客厅里的沙发、茶几和电视不知去向，不甚宽敞的客厅高朋满座，挤挤挨挨放着五六把隆重的太师椅，一把就是半个沙发大小。且看那几位正襟危坐的人：南泊湾的爸妈、爷爷奶奶、姥姥姥爷。他们所有人不发一语、目不转睛，盯着客厅正中央的草垫。气氛凝重，窗帘厚实，风吹不动，电扇和空调一律关闭，房间热得像蒸笼。

我听着自己沉重的喘息，闻着身上馊馊的汗臭，想，是不是自己误打误撞，走进恐怖片的拍摄现场？

南泊湾紧闭嘴唇，走到客厅中央，膝盖对准那只破旧的草垫，毫不犹豫地跪了下去。

我惊骇地靠着墙，南泊湾赤裸的双足，纤细的脚踝、小腿以及胳膊上遍布又青又紫的伤痕。草垫边横放一只鸡毛掸子，杂毛风中凌乱的模样。

我晓得了，这压根不是恐怖片拍摄现场，而是惨烈的家暴现场！

我如黄继光堵枪眼儿般壮烈地扑上去，趴在南泊湾背上，对着她的家人又哭又叫。

"要和谐不要虐待！要共处不要虐待！这场考试不是人生终点，南泊湾前景大好，你们不能打她呀！"

要知道，发挥失常的考生是情绪波动最剧烈的，这也是许多考生选择轻生的原因。考出这分数，已足够让南泊湾夜夜以泪洗面，家人这样做，无异于把她往绝路上逼。

与此同时，我暗自庆幸自己拥有那么一对开明的父母。

哪知南泊湾的家人不为所动。南泊湾更是可怕，竟面无表情地举起鸡毛掸子，实打实地抽在自己身上，同时发出撕心裂肺的痛叫。

这场景又诡异又吓人。难不成这是南家特有的体罚方式？

我克制住夺门而出的想法，一把攥住她挥舞掸子的手，心疼地将她的脑袋搂进怀里："泊湾，别打了！虽然你只考了四百九十分，比以往低一百多分。但是我相信天无绝人之路。只要肯努力，咱们以后一定能过上好日子。"我情真意切地抓住她的双手，"你有信心吗？"

或许是被我的真情告白感动，南泊湾的眼泪唰地流下来："我好容易沉浸在情绪中，又被你给打断了。你别老打岔，这太师椅按时间收租金，贵着呢！"

"你说什么呀？"我摸摸她的脑袋，"被打傻了吧？"

"低分就低分，没什么不能接受的。"南泊湾站起来，正经地看着我，"我告诉过你，高考结束后，我一直斗志昂扬地创作小说。恰巧写到女主产子被害，施以鞭刑，被贬出宫的桥段，我写了半天找不着感觉。那种悲伤、那种绝望，我从没感受过，所以我得找感觉，你懂吧？"

我有点傻了，愣着点点头，剧情的走向有点奇怪。

"你懂个屁？"南泊湾嗤之以鼻，"这种感觉要是这么好找，我至于趁着考砸后悲伤的情绪，把家具运走，租来太师椅，把家长请来，还原小说里的场景找灵感吗？我亲自上阵，扮演女主角，他们不忍下手，我就抽自己，只为寻找这种悲伤、绝望混杂，逼得人要死要活的感觉。"

"一切伟大的作品都来源于实践，"南泊湾长长叹气，"实践出真知和牛 × 的作家。"

这时，南泊湾那几位扮演王公贵族的家长才向我露出无可奈何的苦笑。

我把头发挠成风中凌乱的鸡毛掸子，望着南泊湾目瞪口呆。

对我的好朋友南泊湾来说，这世上没有什么比文学更崇高，更纯粹，更值得她去奉献青春、年华，乃至用忠贞守护的东西了。

她以笔为马，仗剑天涯，自纯洁无瑕的少女时代起，每个午夜，灵魂都在书脊上跳舞。

她以前不叫南泊湾，叫南晓霞还是南小娟什么的，忒三俗！初中时，有次我俩放学回家，自下而上吸舔着融化成汤汤水水的冰棍儿。她张望着紫色的夕阳，忽然入定一般缥缈地对我说："我要改名了，我自己想了一个特动听的好名字。"

"叫啥？"

"南泊湾。"

"啥？"我学了好几遍，愣是发音不准。那阵子电视上有个广告特别火：穿 × × 运动鞋，土逼楠波万。

我一直觉得这就是她新名字的由来。

她说："那可不是。"

晚风轻抚南泊湾，白浪逐沙滩嘛，她自己就是画中画、景中景。

我琢磨了很久，总觉得这歌词哪儿不对头。

和这世上的大部分文学少女一样，南泊湾也有自己的文学偶像、精神支柱。我们小时候，千禧年伊始，风头正盛的两个青年作家拥趸万千，实力旗鼓相当，皆为风靡全国的新世纪偶像。一位是豪放、大气，不吝口诛笔伐的斗士冷冷，还有一位是清新、婉约，作品获赞"此文只应天上有，人间哪得几回见"的天使暗暗。

我们南泊湾，从小就是温柔的女子。从前我们一堆小朋友过家家，Cosplay《还珠格格》，她只扮演性格柔软、善解人意的紫薇，对我扮演的小燕子向来不屑一顾。公布高考成绩后，她为了突破写作瓶颈，不惜在忧伤的状态中，全家齐上阵，扮演等级森严的王公贵族。按照南泊湾一贯的尿性，我以为她会像紫薇选择骁勇善战、且不失一丝喜感的尔康一样，选择幽默潇洒、爷们儿气爆棚的冷冷为文学偶像。谁知她最终的选择竟是时尚、可爱，又不失一丝小俏皮的暗暗。

对于暗暗来说，南泊湾只是他的亿万粉丝中最不起眼的那个。然而，对于南泊湾来说，暗暗的一言一行决定了她将来的道路。

南泊湾看过很多书，暗暗的书。从借到买，再到收藏。旧版、新版、经典版、掉封皮、不掉封皮、旧封皮外包着一层新封皮的，花花绿绿、林林总总、不胜枚举。南泊湾的书橱上种着一个花园，每朵花都有一个共同的主人——暗暗。

南泊湾的爸妈都是普通工人，没什么文化，年纪几乎比我爸妈大一轮，实打实的老来得子。听南泊湾说，为了怀上孩子，她爸妈做了各种徒劳的尝试，希望中饱含绝望。当她爸妈准备在孤儿院或者随便什么亲戚家领养一个时，上帝送来了礼物，南泊湾终于出现在她妈的肚皮里。自然，南泊湾从小无限受宠。她进入青春期后开始痴迷暗暗，南泊湾爸妈本着"开卷有益"的原则，无条件支持。暗暗最火爆的时候，新书发售，一书难求，此现象都上过当时的新闻节目。为了女儿，南泊湾的爸妈半夜在书店门口支帐篷、排长队，只为明早欣喜若狂地搂着暗暗新书尖叫的那张笑脸。

然而，渐渐地，南泊湾的爸妈发觉不对劲儿。这哪是"开卷有益"？哪是"书中自有颜如玉，没有颜如玉就有黄金屋"？南泊湾对暗暗的痴迷程度，堪比网瘾、酒瘾、毒瘾，一碰就无法摆脱，强制戒除还极可能死灰复燃。不止一次，南泊湾在课堂上偷看小说，因看哭或看笑被老师揪住，继而告状到家里；也不止一次，南父或南母在她做作业时突袭检查，发现藏在厚厚的试卷和课本下，暗暗那封皮颜色诡谲的畅销小说。

中考将近，南泊湾的成绩始终在中不溜丢晃悠，偶尔心情小不畅，比如被暗暗新书伤人至深的爱情桥段虐到，她的成绩还会出溜到中下游。我们这个小城一共有两所高中，一中良才辈出，考上一中才有可能上大学；二中则塞满一切你在电视、书中看到和能想象到的烂人。他们打架斗殴都是家常便饭，急了眼老师和学生会分为两派，进行惨绝人寰的械斗；听说有的学生会一边吃烧鸡、喝啤酒一边上课，男生同时搂着三个女生实属正常，女生会怀着孕来上学。

如果出溜到二中，大家会断言，这个学生完蛋了。

为了不让南泊湾卷入械斗的惨烈风波，也不叫她饱受未婚先孕之苦，南父南母苦口婆心，劝南泊湾放下屠刀立地成佛，大敌当前，先把中考应付过去，一切好商量。

然而，南泊湾不为所动，整日与暗暗的小说为伴。一直以来，暗暗都是第一顺位，南泊湾看书看累了，才会想起我这个朋友，招猫逗狗一般和我不疼不痒地玩一阵。

一切伟大的想法都是受形势所迫，眼看中考大魔王已经张牙舞爪地在那儿叫唤了，南父南母计上心头，许诺只要南泊湾顺利考上一中，便带她去省城参加暗暗的暑期见面会。

全天下对南泊湾最有感召力的，莫过于在神坛上发光发亮的暗暗。

如一切被偶像精神鼓舞的少女一样，南泊湾自此放下小说，潜心学习，每晚学到凌晨一两点，打着哈欠抚摸着暗暗的小说封皮，如灌下一碗鸡血，双眼放光、畅通无阻地学下去。南泊湾脑瓜灵活，最终以前二十的好名次顺利进入一中。我则晃晃悠悠，交了上万元赞助费，才勉强拥有"一中插班生"的身份。

　　南爸妈果然履行诺言，在那个暑假最热的一天，带着南泊湾千里迢迢去省城参加了暗暗的见面会。南泊湾乘兴而去，铩羽而归。

　　我问南泊湾："见面会热闹吗？"

　　南泊湾说："人山人海，彩旗招展。"

　　我问："见到暗暗了吗？"

　　南泊湾说："算见到了也算没见到，人那么多根本挤不进去，我骑在我爸的脖子上大喊'暗暗'，舞台上的暗暗抬起头，对着书迷挥挥手，可是眼睛压根没有看我嘛！"

　　我说："暗暗是大明星，对这种场面司空见惯了吧。"

　　没想到南泊湾猛然激动起来："可是我不一样啊！我那么喜欢他，喜欢了整整五年。他的每一本书我都看过至少五遍，连精彩的句子都摘抄了好几册厚厚的笔记本。我熟知他的出生年月、性格、星座、血型，我每天睡前看到的是他的海报，早晨睁开眼，是他海报上的笑脸，迎着阳光，给我问早安。我不信这世界上还有比我更喜欢他的书迷。所以，我和别人不一样！"

　　南泊湾喊得青筋凸起，我在她眼里看到一种难以形容的、诡异到近乎魔怔的光彩，只能劝道："继续喜欢他吧，总有一天他会记住你，记住你的名字和长相，甚至，你们有可能站在比肩的位置呢！"

　　我和南泊湾继续在一中做朋友。上高中不久，她便恢复了初中的状态。对爸妈和老师的劝告置若罔闻，每天手不释卷地阅读暗暗，简直将他的书视为《圣经》。奇怪的是，她的成绩始终在上游徘徊，再也没掉下来过。大家都觉得，八成暗暗的小说让她开了窍，自此睁一只眼闭一只眼。我忙于高中的社团活动，心思根本不在学习上，无论爸妈再叹再劝，成绩只能望南泊湾的项背。

不同的是，进入高中以后，随着知识面和眼界的扩展，南泊湾不再甘于只当读者，而是尝试模仿暗暗的笔触，进行小说创作。她偷偷写了三年，少说也有十几万字，虽从未发表，她却乐此不疲。暗暗少年成名，在我们这个年纪，已经出版了第一本书，拿到百万收入。对于暗暗，南泊湾定然只能高山仰止，大概写作这个状态会让她在心理上和自己的偶像靠得更近一步。

同样是三年，高中显然比初中过得更快，转瞬即逝，不过眨眼皮的工夫。很快，终极 Boss 高考又张着血盆大口，在不远处咆哮了。

初中的好运气经过三年耗损，早就消失殆尽。最终，南泊湾的高考成绩一落千丈。其实并不意外，她几次模拟考的成绩就一次更比一次拿不出手，只是她报喜不报忧。

当时，知名文学网站"网难"与暗暗联手，以"寻找下一个暗暗"为名举办了盛大的网络文学比赛。

该比赛颇费周折，赛期长达一年，要求每位选手提交长篇新作，经过初、复、终三次审查，决出冠亚季军。颁奖典礼将在暗暗生活的城市——魔都举行。届时暗暗将以特邀嘉宾的身份参加颁奖典礼。赛手不但有机会与偶像亲切交谈，书稿更有可能由"网难"出版发行，当然，暗暗亲自作序推荐。

"寻找下一个暗暗"大赛启动于 2011 年春天，高考复习伊始。

南泊湾奋笔疾书、汗珠滚落，浸润了每一个我们在题海中挣扎、呼救的日子。

南泊湾决定推陈出新，以暗暗的笔触创作一部辉煌壮观的宫斗小说。这甚至是暗暗都没有涉及过的题材。

公布高考成绩那天，南泊湾正试图将长篇小说推向小高潮。可她既不知如何拔高，又明知无法删改，进退维谷，处于一种类似便秘的痛苦状态中。

高考成绩公布的瞬间，悲伤中的她灵光一动，获得了某种启发。

既然已水落石出，无法隐瞒，南泊湾像献宝一样对家人公布了自己正在创作的小说。并言之凿凿地诉说了自己的想法："现在只有一条路，写下去，得冠军，成大触、成大神，成为暗暗那样的伟大作家。你们要是反对，我活着也没什么劲了。"

南父南母悲哀地对望着彼此，南父一拍大腿："闺女，你不就想让我跟你妈扮演皇帝和皇后吗？扮！太师椅多少钱，你联系出租，我出钱。她妈，把闺女的爷爷奶奶、姥姥姥爷叫来，老人坐太师椅，更威严。"

当南母匆忙打电话联系老人时，南父说："不过，抽的话只有你自己下手，我可狠不下心。"

南泊湾快乐地点点头："妥！"

我疲倦地靠在门框上，听着南父讲述完这一切，觉得从天灵盖到脚底板都不舒服。我又看了一会儿南泊湾自抽自叫、自哭自闹的戏码，觉得人家相安无事，一切都是我多心，便准备告辞。说不定将来南泊湾在家人的支持下，将作家这条路走成顺当的坦途呢！

谁料我刚走到大门边，南父竟急急追过来。他眼泪汪汪地小声恳求我："闺女，请你帮我们劝劝湾湾吧。写作这条路她一定不会成功的，劝劝她回去复读吧。"

南泊湾没有回高中复读，我俩的分数不相上下，魔都和另一个二线城市的大学向我们抛出橄榄枝。两所学校难分伯仲，皆为三流民办学院，或者说，不入流的民办学院。我和南泊湾几乎没有犹豫，默契地选择魔都的学校。在小城生活了十八年，走过的街、吃过的饭、认识的人，全都一成不变，连太阳每天升起、降落的弧度和亮度都没有变化。我想出去闯闯，看看更广阔的世界。南泊湾的理由更简单，似乎也更纯粹。魔都，是暗暗生活的城市。

我俩的落脚点是同一所大学不同的工科专业，我知道南泊湾想去文学院，可惜没有达到录取线。身在同一所不入流的学校，还被划分为三六九等，真是荒唐。好在我们住在女生苑的同一栋宿舍楼的四层和六层。我常常去找她玩。而她一如从前，不是在暗暗的旧小说中寻找新大陆，就是沉浸在自己创造的森严的宫墙生活中。一次次热脸贴冷屁股叫我颇感无奈，好在南泊湾的三个室友都很不错。其中，一个高大黑壮的东北女孩儿最为有趣，常常 Cosplay "赵四"，将我们逗得哈哈大笑。

久而久之，南泊湾的宿舍变成了我的半个宿舍。而南泊湾也不止一次在我们肆无忌惮大笑时，从书本中抬起头，翻白眼哼道："庸俗。"

要不是我拼命在后头拽舍友们的裤兜，南泊湾早就被以高壮东北女生为代表的舍友揍成猪头。私底下，我悄悄跟女生们沟通，劝她们对南泊湾宽容点。她这个人，太浪漫、太文艺、太理想主义，直到现在她还以为世界就是她想象的那个样子。跟一个天真甚至幼稚的愣头青杠上，有什么好处？

我不说则已，女生们唧唧喳喳吵起来："你不知道她多变态！平时不让我们出声，玩电脑必须戴耳机。写作就写作吧，还鬼叫。你正在看电视剧，她忽然像女鬼一样尖叫起来，多可怕！她平时不去上课，不注意个人卫生，别人跟她说话，她爱搭不理。依我看，暗暗那种快消作家，只有小学、初中的女生才喜欢，她快到当妈的年纪了，再痴迷暗暗，相当于二十岁的大姑娘裹奶嘴儿，才真叫庸俗、幼稚、无趣呢！"

女生们笑成一团，吓得我赶紧捂讲话女生的嘴，用余光瞥旁若无人敲打键盘的南泊湾，压低声音："小心！这话千万别叫她听见，不然，她非跟你拼命。"

"我们才不怕呢！"女生虽这么说，仍然吓丝丝地偷偷看了南泊湾一眼，"都说精神病打人厉害，真怕南泊湾把自己写傻了。要是你能跟她换宿舍该多好啊。"

我摇摇头，不置可否："我了解南泊湾，她只是把自己代入小说高冷的白莲花女主，仅此而已。"

对于南泊湾的所作所为，我当然略有耳闻。

开学两个月，她缺席了大部分专业课。有的教授点了十几次名，从没见过她，当堂愤怒地宣布南泊湾本学期的科挂定了。

舍友们幸灾乐祸地将信息传递给她，她竟没表露任何担忧。仿佛在她眼中，毕业证和学位证什么的不过是无足轻重的两张薄纸。

为了"寻找下一个暗暗"文学大赛，她几乎颠倒黑白。舍友们都睡下，她的小台灯还堂而皇之地亮着；舍友们晨起收拾，她从床上露出半个鸟巢般的脑袋，睡眼惺忪地哼唧："小点声，你们……"随即晕倒一般继续昏睡。其余时间，她一律在桌前看书和敲打键盘，舍友们都不愿意为她带饭和打水，外卖小哥和善良的我撑起南泊湾生命的半边天。不过，在床上解决进食问题似乎有点过分了。残留的食物渣不但气味难闻，说不定还会招来很多又黑又亮的小生命。有一回，真的是半夜，我们睡得正香，头顶忽然传来石破天惊的惊叫。室友们还以为女生苑进了流氓，纷纷弹起，拿起闪闪发亮的小镜子或化妆包护在胸前，准备誓死捍卫自己的清白。

非常多衣着暴露的女生都在走廊拥挤着，我问了很多人，才知声源在六楼。不知为何，那一刻，我便猜到是南泊湾宿舍搞出的幺蛾子。我飞奔上楼，在人群包围中，果然看到那四个女人。属高壮的东北女生哭得梨花带雨，剩下俩女生相互搀扶着，仿佛痛失亲人的家属要靠彼此支撑才能渡过难关。南泊湾扎着一只巨大的朝天鬏，油头油脸，冷眼旁观，对这一切颇为不屑。

昏暗的寝室中，只有南泊湾的电脑发着幽幽蓝光。显然，她对女生们扰乱她的写作很不满。

"怎么了？"我柔声问道，想进去一探究竟。

"哎呀，你千万别进去。"一个女生再次尖叫起来，"南泊湾留在床上的食物把蟑螂引来了。我正在睡觉，忽然听见嗡嗡响声，睁开眼，一只手指长的黑家伙正在我脸边蹭来蹭去。我睡觉习惯张嘴啊，只差一点它就成为我身体的一部分了。"

讲话的女生和南泊湾睡对头，半夜与一只大蟑螂脸贴脸的画面我从没经历过，光是想想身上就起一层米粒，一定触目惊心到足够令她铭记一辈子。

"哎呀，不就是一只蟑螂嘛，还能吃了你们不成？我正写到高兴呢！"南泊湾不满地嘟囔着，大义凛然走进宿舍，一屁股坐在桌前，继续啪啪地敲打键盘。

如果你以为一切够诡异，其实，这还不是最毛骨悚然的。

自从南泊湾开始模仿女主的遭遇，成为体验派作家，凡遇瓶颈，她必将借机折腾一番。遇到女主自缢未遂的戏码，南泊湾就在床上绑一条睡衣绸带，双膝微屈，脖子置于绸带最低处，形如上吊，实则双脚并未离地。

此景恰巧被下课归来的舍友偶遇，那舍友一声仰天大叫，怀中的西瓜无意识抛出去，撞击天花板而碎，一大坨触目惊心的红瓤持续滴答汁水。南泊湾不慌不忙，将脖子从绸带前离开，不快不慢地说："别怕，我在体验生活。"

为了感受女主被逼吃下变质食物，南泊湾不知从哪搞来一堆明显枯败、变色的生菜叶，她无视腐败的味道，强忍着吞了下去，不多时便去厕所泄了个浑天暗地。随后，她如孕妇般一手捂着肚子，忍受着持续不断的咕噜声，一手坚持敲打键盘，让舍友都看呆了。

譬如种种，数量繁多，不胜枚举。

最为奇葩的是，有一回南泊湾来大姨妈，不知忘记垫姨妈巾还是碰巧流量超大，一大块深色从灰色睡裤透出来。走进她们寝室，一股浓烈的血腥味扑来，仿佛步入凶杀现场。舍友们皱眉指着南泊湾，我走过去，强忍呼吸柔声劝着："咱先把裤子换了，再写作成不？"

"不行！"南泊湾斩钉截铁，"女主的孩子被夺走了。我就追求这种失去骨中骨、抽空血中血的疼痛感。"

"可是……你都姨妈逆流成河了……"

"你不懂，这叫'疼痛文学'。"南泊湾的嘴角终于露出一丝浅浅的笑意，双眼仍不离屏幕，十指仍飞快敲打着，快得只能看见十个恍恍惚惚的光影儿。

南泊湾用这种虐待自己，也不给舍友和朋友留活路的方法写作，折腾近一年，终于为长达二十万的辉煌巨作《深宫·如意传》画上句号。

彼时，人仰车翻、路远马亡。

在我的见证下，她登录"寻找下一个暗暗"文学比赛的页面，用颤抖的手按下"确认投稿"按键。朦胧的屏光映着她的侧脸，她泪眼婆娑。

那是 2012 年 1 月，传说中的世界末日将在这年发生。我想，幸好南泊湾的疼痛文学暂停了，再无休无止地写下去，人类都好端端存活着，她先灭绝了。

之后过了四个月，天气微热，有点姿色的女生迫不及待穿上超短裙，露出光洁的大腿；身材结实的男生也会在晚上穿着一件袒胸露乳的小背心在校园里晃荡，所到之处，牵动着无数女生和少部分男生的心。这是一个汗臭、肥皂香、荷尔蒙一同跃动的季节。我最喜欢这个季节。

就在这个季节，一个没课的下午，我和南泊湾像小时候一样，一边自下而上舔着化成汤汤水水的冰棍儿，一边在学校里闲逛。当我对着一个肌肉结实的男生吞口水的时候，南泊湾的手机响了。

接听的全程，南泊湾只顾"嗯嗯""哦哦"状似敷衍地应着，跟对方没有任何单词或长句的互动，她的表情如深海般平静，毫无波澜。我好奇地看着她，思忖一定是哪来的骚扰广告。

南泊湾把手机放进小包，猛然双眼如同着了火，像巨石般扑来，又像蟒蛇般将我缠住，发出惊天动地地哭喊："我进了？"

"什么？"

"组委会告诉我，'寻找下一个暗暗'文学比赛，我进入前十名了！"

霎时，天崩地裂、群鸟坠落，一道闪电撕裂我的世界。当我回过神，才发现自己和南泊湾如连体婴儿般紧紧抱在一起。一年来，南泊湾和我们都没有白白牺牲，我真心为自己的朋友高兴。我俩又哭又笑、又喊又叫，声音之大，冰棍儿震碎，肌肉结实的男生走出老远，回头张望。

这个下午，我的心理和生理获得了双重满足。

又过了一个月，夏日骄阳光辉灿烂地彰显威力时，南泊湾接到了组委会的第二次电话。

经过上万读者投票，数十专家表决，以及种种复杂的推选方式，南泊湾的作品《深宫·如意传》以足以乱真的暗暗风格，搭配牛×神转的虐心宫斗剧情，最终荣膺比赛首奖！我的朋友南泊湾，获得了"网难"联手暗暗举办的"寻找下一个暗暗"文学大赛冠军！

这一回，南泊湾终难维持镇定，激动的心、颤抖的手，她声泪泣下，一声长鸣："真的吗？我、我不敢相信……"

我一把抢过手机："喂，你好，我是南泊湾小姐的经纪人。什么，一周后举行颁奖典礼，要求获奖选手盛装参加，内容包括走红毯、授奖、签约以及和暗暗亲切会晤？好的，有档期。有什么问题我会及时与你们沟通。谢谢，再见！"

我挂断电话，南泊湾的眼眸明如星辰。

"我们做到了！"我大声说。

南泊湾一把搂住我，高兴地放声大哭。

与我和南泊湾兴奋得恨不能爬上主教楼放俩窜天猴不同，南泊湾的舍友依旧该看电视剧看电视剧，该与男友视频与男友视频。一如往常，一副死气沉沉的模样。

本来她们就对暗暗不感冒。"寻找下一个暗暗"大赛什么的，更是无关紧要。在她们心中，八成南泊湾获冠军和得倒数第一没什么区别。她们只关心今后南泊湾会不会再搞出什么恐怖的幺蛾子，以及将她成功赶出宿舍的可能性能否增加。

我们将南泊湾获得冠军的好消息告诉她们，她们只是有气无力地点点头。对此，南泊湾颇为不满："她们怎么一点也不替我高兴？"

"大概因为开学以来，你整天忙着写作，忽略了与舍友的沟通交流。"我抓耳挠腮地寻找措辞，"或许你应该趁着这个时机请舍友吃顿饭，促进一下关系。说不准，一周后的颁奖典礼，她们还会去现场为你加油呢。"

南泊湾耷着脑袋："按你说的做吧。"

我拍着巴掌："姐妹们，为庆祝南泊湾获得冠军，她请大家明晚去刘家汇吃火锅！"

两个女生从电脑前抬起头，诧异地打量着南泊湾。高壮的东北姑娘最痛快，蓦地站起："有吃的？妥妥儿的！"

第二天下午，我和南泊湾提早乘地铁来到魔都最繁华的刘家汇商业区。客源兴盛的朝天门火锅早就宾客满楼，高大的玻璃门一次次被门童拉开，踏进无数双高跟鞋，没有一双属于那三个女人。

南泊湾紧靠着我，面庞有点发灰，忧心忡忡地说："要是她们出尔反尔，最后不来怎么办？你知道，我跟她们根本不熟，不了解她们的为人。"

我抚摸着南泊湾的脑门："大作家，要是她们不来，那就咱俩吃，我请你，见证咱们的友谊和努力。"

南泊湾红着脸："还是……我请你吧。"

好在南泊湾的三个室友最终姗姗来迟。头一回，她们宿舍人数齐整，与我这个编外人员一起吃饭，说不出的奇怪感觉。

毕竟南泊湾请客，价格还颇不便宜。三个舍友给足面子，不仅对过去的矛盾既往不咎，还假装饶有兴趣地聆听着南泊湾对暗暗的大加赞扬。这是一种生疏的客气，平常绝不会在这四个人中出现。

南泊湾越聊越亢奋，几杯青梅酒下肚，脸颊飘着火烧云。

东北姑娘调侃道："原来小湾这么能说，一起住了快一年，一直觉得你是个沉默寡言的人。"

气氛被积极友好的情绪发酵着，我端着托盘，为大家添麻酱。回来时，只见南泊湾正在向室友们发出邀请："下周我要走红毯，去不去？去不去？不仅可以见到暗暗本人，还可以见证我的辉煌哦！"

言语间洋溢着赤裸裸的炫耀。我发现一个女生的眉头悄悄皱起来。东北女孩痛快答应，另外两个则说视情况而定。

总的来说，这是一顿物有所值的火锅。我不胜酒力，隔着朦胧的袅袅水汽，觉得每个脸蛋红扑扑的女孩都特别青春、特别漂亮。

若不是结尾时的插曲，这顿饭绝对算作该宿舍四年历史中一座不朽的丰碑。

我们喝得东倒西歪，彼此脑袋靠着肩膀，嬉笑打闹。忽然，大厅中的电视开始播放魔都新闻，恰巧对下周将在"网难"总部举行的文学大赛颁奖礼大书特书。其间，暗暗秀美的面孔数次闪过，褐色的眼睛和金黄的头发让整个大厅都亮堂起来。

我含笑的目光落在南泊湾身上，她的脖颈像天鹅一般骄傲地挺立着。

不巧，不远处有两个女生正饶有兴致地咬着耳朵："这个暗暗，又借比赛的名头炒作。要我说，他比冷冷 low 好几个档次。看我们冷冷，一贯低调奢华，对虚无的浮名从不过分追求。这才是作家该有的样子。"

三言两语，便能判断眼前的两位女生正是"冷暗大战"中坚定的"倒暗派"。

耳边忽然传来粗重的喘息，只见南泊湾双眼圆瞪、怒目而视。

我们想劝她冷静，可她的动作快如闪电，眨眼间，两碗满得溢出来的麻酱便呼啸着向无辜的两个女生飞去。

顷刻，惊恐的尖叫和愤怒的嘶吼响彻整个大厅。

"他娘的！再侮辱暗暗，小心我撕烂你们！我是谁？我是'寻找下一个暗暗'大赛的冠军得主——南泊湾！我将永远用生命，捍卫暗暗的尊严！"

盛大的颁奖典礼在"网难"总部举行。

　　我的南泊湾身着租赁的华美礼服，做过保养的精美长发和修饰一新的完美妆容，叫她在镁光灯下闪闪发光，像个陌生人。而她因头次穿露背露腿的裙子而显现颇不自然的表情，含胸驼背的姿势和羞涩腼腆的笑容又实实在在地提醒我，这就是那个我认识了十几年的南泊湾。

　　南泊湾果真凭写作一飞冲天，我满含激动的眼泪，感觉自己就是一个望女成凤的伟大母亲。

　　组委会只提供一张往返车票，南家派南父来魔都见证女儿的光辉。

　　南父情不自禁抓着我的手腕，毫无选择地拍下无数张南泊湾笑容僵硬、表情呆滞、状若无脑的照片，对着手机屏幕深情地喃喃："太漂亮了，我闺女实在是太漂亮了！"

　　在主持人的引导下，南泊湾和另外两位获奖选手生疏地走上红毯。场边虽观者攒动，多是暗暗的忠实粉丝，只求见偶像一眼。听见"南泊湾"这个陌生的名字，只有稀稀落落一点礼貌的掌声。我想象中山呼海啸的欢呼没有出现，因此我和南父的尖叫便显得很尴尬。

　　很突然地，我们身后忽然响起响亮的掌声。东北姑娘带着两个室友浩浩荡荡前来，居然每人都举着"南泊湾，你最棒""爱你！南泊湾"的荧光板又喊又叫，我和南父受此鼓舞，掌声越发坚定，才不在乎周围的人是否用异样眼光打量我们。

　　冠军南泊湾猛然多了五个忠实粉丝，相对于孤身奋战的亚、季军，从气势上就将他们打得溃不成军。在暗暗驾到之前，南泊湾就是现场最闪亮的那颗星。

南泊湾仿佛被注射一针强心剂，背挺了、表情自然了、笑容璀璨了，蹬着第一回穿的十五厘米防水台高跟鞋，如女斗士般走得一往无前。

忽然之间，现场风云变幻、天地改色，一辆黑亮的奔驰跑车缓缓停在红毯入口。人群屏息凝视，车门洞开的那一霎，惊天动地的尖叫、掌声撼动整个"网难"总部。

暗暗来了。

我在如潮水般不断向前涌动的人群缝隙中，略能窥见这位大作家的风采。只见他一身笔挺小西装，一副遮住三分之二面颊的酷炫黑超。他个头很娇小，比电视里看到的还要矮，浅黄的头发和深邃的五官使他看上去像处于青春期的外国小少年，但是那副被保镖、助手前呼后拥的派头，绝不亚于任何大明星。

暗暗一来，选手们寥寥的光彩都被夺走了。现在谁还管那三个被晾在一边的新人？事实上，连选手本身都不在意。南泊湾和另两位选手翘首期待着自己的文学缪斯、精神偶像。我发现南泊湾双眼涣散，脸色绯红，真怕她把持不住晕倒在颁奖现场。

舞台之上，礼仪小姐端来象征无上荣誉的金银铜三座奖杯，暗暗接过麦克风，无可挑剔地笑着："很高兴参与这场以我名字命名的文学大赛……"

从现场听，暗暗的声音柔美中掺杂沙哑，犹如一个懵懂的少女对着你的耳朵轻轻吹气。粉丝们疯狂了，拘谨地站在暗暗身边的南泊湾更难掩激动。

"现在，我要把这座珍贵的金奖杯，颁给本次比赛的冠军……"我焦渴地等待着"南泊湾"的大名从暗暗嘴里说出。就在此时，戏剧性的一幕发生了，粉丝们发出几声惊叫，几个壮硕的男人冲破阻拦，挤到舞台上。

随后，两个女生跌跌撞撞地攀上了舞台。我一瞧，愣了，这正是一周前被南泊湾泼了一身麻酱的女生。

每个男人都拎着方形的塑料小桶，里面晃荡着混浊的不明液体。其中一个粗声粗气问道："这就是'寻找下一个暗暗'大赛颁奖典礼吧？"

没人搭话，此时沉着的暗暗忽然发出堪比少女的尖叫："啊，你们一定是我的对手冷冷派来的！你们拿的是什么，硫酸？你们、你们想毁了我的俊脸？保镖！"

几个彪形壮汉一下把暗暗挡了个严严实实。

一个男人不屑地说："这次，我们不是来找你的。"说罢，他们用余光打量着不知所措的三位获奖者。

"南泊湾！快跑！"我大喊。

与此同时，被泼的女生认出了南泊湾："就是她，她就是冠军，说誓死捍卫暗暗的疯女人！"

十五厘米的高跟鞋哪能给南泊湾施加拳脚的机会？就在南父和东北女孩先后上台搭救南泊湾，南泊湾转身欲逃时，一大桶液体对准那袭美丽的礼裙倾泻而出，如天女散花。

其余男人响应命令，将五六桶液体抛向半空。

一道道褐色的美丽弧线交相陨落。

南泊湾呆愣原地，裙摆上大团大团黏糊糊、湿答答的液体，另两位选手无辜受波及，一位摘下眼镜，徒劳地想把镜片上的油腻擦干净。

粉丝们被砸得七零八落，无暇他顾，抱头鼠窜。

入侵者的炮火威力之大，一时之间，安保人员竟难以近身。

在保镖的包围中毫发无伤的暗暗，却一直发出类似少女的独特尖叫："啊！这是麻酱！吃火锅蘸的麻酱！注意，别沾到我身上，这西装可是阿玛尼的！"

一周前被南泊湾欺负的两个女生成功逆袭，其中一个潇洒地抹了一把鼻孔里的麻酱，对呆若木鸡、泡在麻酱中的南泊湾说："你太得意忘形了，如果当初你不自称冠军，我们也不会找到这儿。"她看了一眼已经寥寥无几的粉丝、被搞砸的颁奖现场，如自由女神般张开双臂，"现在，我们要宣布：我们的偶像冷冷才是这个时代的最强作家！"

因为年少轻狂的南泊湾和那几桶势头凶猛的麻酱，盛大的颁奖典礼不了了之。

闹事男女被警察带去审问，南泊湾也未能幸免。在南父的陪同下，她一直到天黑才从警局出来。她蓬头垢脑，精致的发型早变成蓬乱的鸟巢，发光的妆容被汗水冲洗得一干二净。她的裙摆上沾着数团麻酱，摇摇晃晃，就像一棵被恶搞过的圣诞树。防水台高跟鞋被南父拎在手中，南泊湾如病入膏肓的老人一样需要被搀扶前进。

一见到我们，南泊湾便炸毛鸡似的咆哮："冷冷的粉丝，我和他们势不两立！"

原来，警察了解到只是粉丝之间的矛盾，哈哈一笑表示这种不成熟的事儿见多了。上个月，向来王不见王的两位一线男歌手同时在魔都相邻两个体育场开演唱会，其粉丝剑拔弩张，声势浩大的互呛、互骂，发展到互殴，打得头破血流，以至于两位歌手的演唱会都不得不被叫停。跟那场恶性事件相比，此次砸场可谓小巫见大巫，压根不值一提。

最终，闹事男女赔偿主办方五千块钱，得意离场。

最受伤的莫过于南泊湾，她非但没和偶像暗暗进行亲切友好的交谈，甚至没被授奖、更没签约。当主办方得知这次砸场是南泊湾招来的祸害，当场表示取消她的选手资格。阿玛尼西服被毁的暗暗如泼妇般对着南泊湾掐腰大骂，言辞激烈地表示下辈子当作家也不希望有南泊湾这样的粉丝。每次回想此事，南泊湾悲愤交加，抑制不住号啕大哭。

　　暗暗确实记住了南泊湾的大名，只不过以另外一种极端的方式。

　　这样看来，南泊湾星光熠熠的作家坦途，确实猛地被堵死了。

　　打击接踵而至。颁奖第二天，魔都大小报章的头版头条长篇累牍地报道这场恶性事件，各门户网站也或多或少提及这件事。不知谁向媒体提供的现场照片：一片狼藉的舞台上，南泊湾裙裾飞扬、表情恐慌，迎面一个男生高举塑料桶，褐色麻酱呈现蛮横起飞的状态。照片右下角，西装革履的暗暗抻着脖子，大约是在尖叫，脖颈上青筋暴起。

　　我隐约想起能从这个角度拍照片的只有"网难"的工作人员。

　　连老家小城多年不联系的旧友都纷纷给我打电话，详问事件始末。我囫囵打发，对方嘻嘻直笑："南泊湾成啊，能在暗暗眼前作妖。这闺女，啧啧，不简单！"

　　当媒体掀起"年轻人追星，该放任自流还是勤加引导"的大讨论时，这件事已经发酵成社会热点。我们本以为媒体会为此事画上硕大的休止符，谁料更为猛烈的狂风暴雨正在虎视眈眈。

　　不知从什么时候起，大概是颁奖典礼后的第四天。这天中午，南泊湾的电脑忽然发出"叮"一声响，是"网难"的站内信。随后每隔一两分钟，便传来一阵叮叮乱响，后来竟发展到同一秒钟，不同站内信提示音相交重叠。

　　怕南泊湾想不开，在南父回家后，我和三个女生寸步不离地陪在她身边。在我们的注视下，南泊湾战战兢兢地打开"网难"界面。只见右上角提示站内信爆满的红色标志不停闪烁，如同危险的信号。

　　果不其然，成百上千封站内信全是暗暗粉丝毫无底线的辱骂。

　　这些狂热粉丝通过新闻报道获知南泊湾的名字，用网络检索，很容易搜到《深宫·如意传》。他们再以损害暗暗名声和形象之由对南泊湾进行辱骂，一切顺理成章。

　　随后几天，只要南泊湾上线，站内信的提示音便如一段绵长乐章，没有尽头地回响着。

　　说真的，没有亲身经历，无法描述漫无边际的网络暴力究竟有多可怕。

　　之前南泊湾在网难刊登《深宫·如意传》，隔两三天才得到一条寥寥数语的评论，后来即便加冕冠军，也没有掀起多大的浪潮。而如今，种种恶言恶语的辱骂，却如狂风暴雨般射向毫无招架之力的南泊湾。

　　更加讽刺的是，事情起因难道不是南泊湾像这些狂热粉丝一样维护自己的偶像吗？

　　我们担心心绪难平的南泊湾受到更深刺激，劝她卸载"网难"的客户端。更提醒她平常独自行走在校园、街道上，要注意留神左右。暗暗的粉丝如此疯狂，保不齐向她泼硫酸、点汽油，乃至做出更可怕的行径。

出乎我们意料，南泊湾非但没有退出"网难"，反而时刻在线。不但时刻在线，而且开始翻已经爆满的站内信。她时而抿着嘴角，时而舒展面孔，时而拍手大叫"真是妙语连珠"，时而一言不发，表情密布阴云。

我既担心又心疼，劝她不要再看，以免徒增烦恼，让时间冲淡一切。

谁料南泊湾一拍桌子，猛然站起："我当然不怕这样的责骂！为什么？因为他们嫉妒！这么多参赛者，只有我被选为暗暗的接班人；亿万粉丝，只有我有资格站在暗暗身边，为他遮挡麻酱。为什么骂我的人得不到这样的优待？因为他们不够优秀。现在的我，暗暗之下，万人之上。他们尽管骂吧！无论骂得多么难听，也不可能取代我。一群蝼蚁而已，不管蝼蚁的牙齿多么锋利，也不可能撼动万丈大树！"

南泊湾用力摇晃拳头，哭得发红的眼睛射出某种古怪、疯狂的光芒。

南泊湾以惊人的毅力走出这场风波，并且精神抖擞地重新投入文学创作。

此时风云突变，斗转星移，天地已悄无声息地改变了颜色。

以文学起家的"网难"很快日薄西山，"终点"文学后来者居上，独占鳌头，成为网络文学世界的新霸主。不过，网络文学风头急转突变，一直都是你方唱罢我登场，各领风骚两三年而已。

"网难"最后出版的两本书，是"寻找下一个暗暗"大赛的亚、季军作品，每本书都狂销十万册以上，作者挣得盆满钵满，当真成了文学新秀，在各自领域占山为王，发光发热。《深宫·如意传》果然被打入深宫。其实"网难"有意将它作为压箱底的宝物，等风头过了再隆重推出，谁料文学宝座早已易主，风头一过，"网难"也自身难保。

其他网站、出版社和出版公司不是没有窥视这本书，然而藏在这本书后面的轩然大波使他们不敢贸然出版，生怕引来恶评。一波又一波的出版人与南泊湾洽谈出版事宜，最后皆不了了之。南泊湾就差摇着小手绢挥泪甩卖，只求她的"亲生闺女"以纸质书的形式问世，哪怕不收取半分稿酬。她做梦都想像暗暗一样，出版 本内容深藏城府，封皮颜色诡谲的长篇小说。

可是，现在连暗暗都被逐出神坛了，一本模仿暗暗笔触的话题之作，又有多大市场呢？连我这不懂图书出版的外行都深感怀疑。暗暗不火了，出版的几本小说都无人问津，现在改做出品人，深藏幕后，不再抛头露面。"麻酱事件"是导火索，他掐腰怒骂南泊湾的视频是火星，一大波无条件支持暗暗的脑残粉在网上兴风作浪，很多人不胜其烦，墙倒众人推，网民对暗暗的评价一再降低。渐渐地，暗暗变得也就那么回事儿，十八线作家尔尔。

　　冷冷和他的粉丝取得这场旷日持久的拉锯战的最终胜利，冷冷的论坛将南泊湾和她的两碗麻酱奉为"神助攻"。冷冷这两年春风得意，出唱片、拍写真、导电影，各界打通，玩得不亦乐乎。其实，他风光不了几年的。早晚会有新人后来者居上，他的下场，必定和暗暗大同小异。

　　南泊湾不知从哪儿搞来暗暗的公司地址，几次倒换地铁，穿越大半个魔都，亲自上门道歉，次次都吃闭门羹，连暗暗身边的工作人员都认识了这个固执的姑娘。一开始，他们问明身份，向暗暗请示后，客气地对南泊湾说："小姐，我们老总不方便见客人，您请回吧。"

　　后来，远远瞧见南泊湾的身影，他们便厌恶地大声喊："侬十三点啊？脑袋秀逗了伐！被侬害得还不够惨啊？赶快滚！晓得伐！"

　　被粉丝辱骂，被暗暗身边的工作人员辱骂，南泊湾都没掉过一滴泪，甚至面不红气不粗。唯独被暗暗掐腰亲自痛骂，让南泊湾哭了很久很久。

　　她从不恨暗暗，只是愧疚。

　　带着这份愧疚，南泊湾接受了"终点"文学的邀请，以新人之姿重战文坛。或者说，南泊湾其实一直都是新的不能再新的新人。幸运女神曾抛下过橄榄枝，被她很偶然地避开了。

　　南泊湾的新故事讲一个热爱文学的小男孩如何排除万难、步步为营、稳扎稳打，最终成长为文坛大触。明眼人一瞧，故事的原型正是暗暗。南泊湾为此翘掉众专业课，日更三千，保质保量，也曾一度冲到热文榜前十的位置。

时间限制越来越厉害，编辑和读者催得很急，南泊湾几乎每天都会遇到大小不同的瓶颈。如果她的状态变成急赤白脸、抓耳挠腮，我们就不能招惹她。这时候的南泊湾是最暴躁的，顶一个绿巨人浩克。

为了顺利更新文章，南泊湾不得不将"疼痛文学"写作手法发扬光大。在电脑前敲击键盘的南泊湾时不时会发出一声痛苦的号叫，或者啪给自己一记响亮的耳光。细看她裸露的胳膊和小腿遍布大大小小数不胜数的瘀青和肿胀。她敲不出字的时候，会毫不留情地狠狠拧自己一把。短暂疼痛过后，大脑一片澄澈，泉水般喷涌的灵感将自动找上门。这灵感是稍纵即逝的，会随着疼痛的减轻如潮水般消退。所以，敲击键盘声和抽扭自虐声交替出现，平静的寝室宛如屠宰现场。

很多次，我和三个女生在一起，不交谈，沉默地看着南泊湾单薄的背影。我们很怕她遇到更大的瓶颈，做出对自己更深的伤害。

归根结底，南泊湾就是太焦虑了。

后来，南泊湾终于不焦虑了。

她，谈恋爱了。

爱情是治愈一切伤痕的良药，这话不假。南泊湾遇到的那个人，是她小说的忠实读者，恰巧还是某著名出版公司的出版人。他在网上寻找热门小说出版,被南泊湾的文章打动,后来,又被南泊湾的人打动。

小说作者与小说出版人,看似天作之合。

让人皱眉头的是他的岁数,三十三岁,比我们大一轮。不过,这种你情我愿的事儿,说不准的。两人既能在文学方面进行探讨,又能互惠互利,除了年纪,挑不出让旁人不快的缺点。这么多年,对钟爱的文学,南泊湾只能自说自话,现在终于有个人能跟她琴瑟和鸣,作为朋友,我挺为她高兴。

更重要的是,南泊湾的焦虑症消失了,她不再用"疼痛文学"的手法也能创作小说,藏在我们身边的绿巨人浩克终于消失了。

现在,除了更新文章,南泊湾最陶醉的事就是向我们讲述他。她说他不介意她狼狈的过去,他看过她被泼一身麻酱的新闻,可他从不把她当个笑话。在暗暗辉煌的时候,他和暗暗打过交道,他甚至可以毫不犹豫地报出暗暗的 QQ 号码。南泊湾凝神听了几次,每次都是一样的。她也向那串号码申请添加好友,可惜对方没有通过,暗暗依然保留着大明星的那份骄傲吧。

南泊湾把他说得那么好,姐妹们打趣她什么时候把他带来看看。

南泊湾说:"没问题,改天一起吃饭。"

我们又约在魔都繁华的刘家汇商业区,朝天门火锅店。见到他前,我和几个女生反复探讨他的模样。三十多岁的中年男人,又是成功的出版人,一定衣着不凡、气质儒雅、眼神忧郁,并且人畜无害,具体参照年轻时候的梁朝伟。再不济，也得是我们学校那些样貌较好的男生的中年版，虽帅气的外形没了，眼角的每一道皱纹却铭刻着岁月的沧桑和永恒的智慧。

终于，他们来了。他个头微高，背驼得厉害，一只手搭在南泊湾肩上，好似南泊湾背着一只又长又黑的运动背包。他皮肤黝黑，笑起来一口黄得离奇的牙齿，就像喜剧演员宋小宝的年轻版。要是晚上出门见到他，说不定会以为假牙成精飘出来了。他挨个与我们握手，对三个女生中样貌出挑的那个紧握不放。轮到我时，我的笑容都僵了，他的指头在我手心里挠了几挠。

面对这样一位大爷，我们根本无心思聊东聊西。想打听两人之间浪漫逸事的闲情逸致也烟消云散。这顿火锅吃得疙里疙瘩，出版人倒是找话问我们。南泊湾目不转睛地望着他，眼中闪耀着温柔的光彩。她如同一把杀敌万千的宝剑，被绸缎爱惜地擦拭后，终于找到属于她的那只剑鞘。

出版人嘴角晃荡着羊肉片，忽然对着窗前的一张餐桌吃吃笑起来。我们感到纳闷，大爷激烈地捶打桌子："湾，你告诉过我，当年被你泼酱的女孩坐在十五号桌，瞧，那不就是十五号吗？"

气氛一度降至冰点，我们暗中传递眼神。被如此不厚道地揭伤疤，眼见温柔女子南泊湾又将变成绿巨人浩克。我们偷偷把麻酱藏到桌下聊以自保，一条腿伸出饭桌，随时做好夺路而逃的准备。

谁料南泊湾再次温柔地点点头："是的。"

饭毕，我们以为这位财大气粗的成功出版人会抢先付账，哪知道对方擦拭嘴角率先提议："咱们 AA 吧，外国都这么做，咱们得跟国际接轨。"

我们瀑布汗哗哗淌。

出版人翻了一下钱包，为难地对南泊湾说："湾，我的那份你先替我付了吧。改天我给你的小说重重打赏。"

南泊湾继续温柔如水地点点头："都听你的。"

我们强忍着将尚在沸腾的火锅扣在出版人头上的冲动。

我们对这位还没有锅中漏勺顺眼的出版人大为不满，但碍于关系，不好直接向南泊湾提出，只能委婉问道："你觉得他怎么样？发自内心地说。"

"我觉得他特别好，和别人不一样。"南泊湾笑意满盈地说。

"那就好，那就好。"我们心虚地说。

我们知道南泊湾只是因为在焦虑中四处碰壁，一直找不到出路，见到一条通向远方的河，以为会通向对岸，便毫不犹豫地一个猛子扎进去。殊不知这条河又脏又臭，可能游不了多久就会搁浅。

个中滋味，让她自己体会吧。

果然，没过多久，南泊湾忽然挨个向我们借钱。她说出版人正在跑关系帮她出版《深宫·如意传》，需缴纳五千块出版费。

我们大惊失色，只知道出版方给作者发钱的，从没听说过作者倒把钱给出版方的。

南泊湾有点不耐烦："哎呀，我的作品不是特殊嘛！当年闹出那么大的风波，现在不得花钱打点一下？放心，等发了稿费，我立刻还给你们。"

我们再三追问："你确定要把钱给他？调查清楚了？"

南泊湾异常坚定："确定！调查清楚了！"

迫于女浩克的淫威，我们不得不掏空家底。

后来，过了两周，一天半夜，教导处通知我们，学生会在学校里捡到一个女酒鬼，问出她的宿舍号，让我们前去认领。

我们穿着睡衣，走在秋风萧瑟的校园中。

路灯下，南泊湾坐在冰凉的地上，抱着翠绿的酒瓶一通猛吹。

走近了，我们才发现她在哭。

原来，南泊湾把书稿、五千块和珍贵的第一次给了出版人，两周后，对方音信全无。南泊湾此时恍然大悟，对方他娘的就是个骗子，脚底板抹油溜走了！

南泊湾报了警，警察正全力追踪。可是即便能讨回五千块，还有很多更贵重的东西再也回不来了。

我们在她身边坐下，挤挤挨挨，让她在中间，会暖和一点。

我叹口气："戴套了吗？"

"什么？"南泊湾茫然地看着我。

"傻瓜。"我搂着她的脖子，她靠在我的肩头。不一会儿，我的肩膀就变得湿漉漉。

南泊湾忽然指着在风中滚动的秋叶，对我们说："瞧，我就像这片叶子。天下这么大，可我没有归属。在这条路上，我只能孤独前行。"

"你不孤独啊，你有我们。"几个女孩说。

"所以你会成功的，你会比暗暗还成功。"我说。

"我不奢望自己踏上什么巅峰，我只希望暗暗东山再起，有生之年，我能以作者的身份，和他平等地站在一起。告诉他，这些年来，我这么拼命，就是为了再见他时，不会因为身份的悬殊而感到拘谨。"

"如果再写，你可不许继续使用'疼痛文学'创作法了，老吓人了。"我叮嘱她。

南泊湾沉默着，咕嘟咕嘟灌下啤酒。在路灯照耀下，她眼角的一滴泪，显得绚烂而迷人。

这是刘女士在怀孕以后，第一次登上开往省城济南的绿皮火车。

人超级多，二十世纪九十年代的春运大潮，乘客们肩膀拥着肩膀，脚心踩着脚背。空中酝酿着一股汗馊和饭菜共同发酵的味道，随着人头攒动，这股味道也自由涌动着。刘女士用小花手绢捂着口鼻，强忍呕意。

开始检票，人群宛如打架前的团伙一般紧凑拢来，各处都有孩子尖尖的哭声。孩子的爹妈仿佛获得赦免，大声吆喝着："慢点挤、慢点挤，这儿有孩子。"

刘女士醍醐灌顶，一拍脑门，用提满行李的手护住肚皮，撕心裂肺地大喊："别挤别挤，这儿有孩子哇。"

前面的老头被刘女士吼得一缩脖子，回头乐了："闺女，哪儿有孩子？我咋没瞧见。"

刘女士满不在乎地指着肚皮："在这儿呢，刚刚成形。您说说，是不是比那些有胳膊有腿的孩子更脆弱？"

老头乐得身子直颤："是！是！"

老头回过了脑袋，再也不好意思跟奔放的刘女士搭腔。

绿皮火车不紧不慢地咣当了两个半钟头。冬日暖阳，非常怡人的天气。刘女士侧头贴着窗户，眼皮被照得一片通红。想睡而不得睡，真是痛苦。对面的娃娃哭闹了整趟旅途，哭声压根没有激起刘女士的母性，反而叫她暗暗下决定：肚皮里的这个要是也这么不安生，没俩月就得把这玩意儿扔到茅坑里叫粪淹死。

　　火车到站，刚过饭点。吹面不寒杨柳风，日头愈发洋溢着醉人的暖意。嘀，省城的太阳确实比故乡有温度。刘女士真想敞开肥厚的大衣，让肚皮里刚刚成形的这个吹吹风、晒晒太阳。

　　这是一个寻常的周日，刘女士的先生势必要睡到日暮西山。先生二十二岁大学毕业伊始，便从故乡独身来省城济南，在偌大的城市闯荡。他在出版社做美工一类的工作，加班是常事，总是熬夜熬得两眼通红，脸色铁青。草草睡几个小时，第二天一早便骑着那辆低价收购的二八大梁自行车，远道去上班。

　　刘女士和先生结婚的时候，两人都是二十四岁。从二十五岁起，双方老人都像将不久于人世一样拼命催促，仿佛想在临终前抱上大胖孙子，不满足这个遗愿就不能闭眼。

　　刘女士和先生常年两地分居，四座大山的重压便落在单薄瘦弱的刘女士头上。老太太会在饭后散步时装模作样地跟她偶遇，若无其事地摇着蒲扇："吃了吗？听说吃某某利于生儿子，你得多吃点。"

　　老头儿也会在刘女士下班回家时半路拦截："走快点，就当慢跑了。运动对身体有好处，运动有利于生大胖小子。"

　　刘女士不堪其扰，忍无可忍地和先生商量，把生儿子作为今年第一要务，其他通通抛在一旁，就当受罪生小孩买个清净。

　　先生每月乘绿皮火车回故乡，严格执行造人计划。

　　长期工作加舟车劳顿，造人更是消耗体力，先生的身体受不了啦。去年年底，过洋人年那阵，先生忽然很认真地跟刘女士谈话："这样紧绷绷的日子真不是我想要的，我是男人，我还有梦想，还有追求，还得在济南拼出一份事业。可是分身乏术，最近工作频频失误，社领导都批评我了。我受够这样的日子了，咱们先把生孩子放放可好？"

　　先生不像开玩笑，刘女士点点头。

　　没想到妻子如此通情达理，先生难以置信地摇晃着刘女士的肩膀："这么说，你同意了？"

　　"你可以先回省城拼事业，放松一下心情，以后才有得忙。"刘女士粲然一笑，"昨天查过了，我有了。"

　　先生一愣，搂住刘女士，头贴在她一马平川的平坦小腹上，激动得泪如雨下。

　　刘女士拎着大包小包，在长街短巷中寻寻觅觅。老家的楼可没这么高，一座紧贴另一座，就像缠绕生长的两株植物。

　　车也多，橙黄色的面的和灰头土脸的自行车占大多数，黑色小轿车偶尔疾驶而过，留下一阵臭烘烘的尾气。刘女士明白那是省城有钱人家才能买得起的私家车。

　　刘女士不是没幻想过先生开着他们自己的车，载着妻儿一起去公园玩、去商店买东西。不过，当下想这个太遥远，先生住着一室一厅，不足二十平方米的单位宿舍。他们当务之急，是从那小纸箱一样大的家搬出来。

刘女士茫然四顾，层层高楼挡住视线，偌大的城市晃得她分不清东西南北。为了不妨碍先生睡觉休息，又想学其他青年男女那样给先生一个惊喜，刘女士谁都没告诉，一个人跑到济南来了。车到山前也不一定有路，楼房密集得让刘女士头昏，宽窄不一的马路七岔八拐，绿灯一亮，蠢蠢欲动的成群自行车像出动的马蜂，朝着马路对面冲去。

这些都让刘女士感到陌生和害怕。

她正无头苍蝇般东冲西撞，忽然身后传来自行车捏闸的吱嘎声，一个男人大吼大叫："过马路怎么不朝身后看啊？不想活了？"

不知怎么，自从肚皮里多了那点东西以后，刘女士变得特别骁勇善战，她立刻用方言疯狂回击："你要敢撞我，就是一尸两命！你撞个试试！"

刘女士的勇敢让比她高一个脑袋的男人不寒而栗，他立刻掉转车头，如野狗般夹着尾巴逃窜。

好在刘女士的喊声引起一个戴红袖章的老太太的注意。在老太太的帮助下，刘女士顺利寻到先生住处。

千恩万谢后，空旷的楼道里只剩刘女士自己。

正因空旷安静，任何细小、不易察觉的声音都被放大百倍、千倍。

刘女士瞪着面前的防盗门，手脚冰凉。

她听到什么？她听到乒乒乓乓的杂响，男性粗厚的喘息声从先生那像纸箱子一样窄小的宿舍里传出来。

手颤抖着，她费了好大劲，钥匙才悄无声息地插进锁孔。

刘女士尽量保持安静，为的是不打草惊蛇。

她一把将防盗门拉开："不许动！"她像警察一般大喊，然而手里没有枪，只有咣啷当当的行李。

不足二十平方米的单位宿舍狗窝一般杂乱，散发着异味的房间中，眼前的一幕让刘女士惊呆了，嘴巴久久合不拢。

桌上的白饭盒堆积如山，床上的被褥凌乱不堪。大的包、小的包，无数行李层层叠叠；新的报、旧的报，无数纸张在地上层层堆积，如一条充满整个房间，无法蹚过去的神秘莫测的河。臭脚丫味、汗臭味、饭馊味，一切能想象的各种臭味都在小纸箱一般的一室一厅中打滚、撒泼、升腾、怒放。

刘女士立刻掏出小花手绢。这可比火车里臭多了，刘女士恨不能呕进小花手绢里。

隔着一条既能做储物间，又能做饭厅，还能做客厅的小走廊，五步远的卧室中，各种臭气的制造者、垃圾的始作俑者，眼前两位便是。

像是愤怒，又像怕尴尬，刘女士一直站在门边，未向波涛平静的报纸河踏入一步。

单身宿舍里，果然先生不是单身一人。

先生会玩啊，玩得何其高雅。他竟和一个头发又长又黄的女人在床上打乒乓球。曾用来装电视的纸箱倒扣在床上，平坦的底面作为宽阔的乒乓球台。两人手执的球拍，拍面的皮子已掉得七七八八，随着挥动触目惊心地摇晃。橙黄的小球倒是很听话地在两人间你"乒"我"乓"地跳跃着。一切声音都来源于此。两人打得兴致勃勃，浑身湿透，都只穿一条小内裤，全然没听见刘女士经过激烈自我挣扎后大喊的声音。

直到一阵穿堂风猛然吹过，先生打了一个激灵："怎么这么冷？"看向大门，才发现始终笔直站着，连行李都没放下，拿花手绢一会儿捂鼻子一会儿擦眼泪的刘女士。

先生以为自己在做梦，揉了揉眼睛，对着门乐了："媳妇，你咋来啦？快进来！"

刘女士岿然不动。先生傻了，赤着脚，三步并作两步，将刘女士一把扛起。刘女士挣扎半天，最后还是被气喘吁吁的先生一把放在床上。

"怀孕后胖得真厉害，不奇怪，吃得多嘛！"先生擦了一把额头的汗珠。

闻听此言，刘女士哭得更悲切。

因为我胖了，你就嫌弃我了，就跟这骚货……哎哟卧槽，真恶心，连衣服都不穿……陈世美，当代陈世美，从前我咋没看出来呢……

刘女士一边寻思，一边预备把大小行李砸到头发又长又黄的女人脸上。

二十世纪九十年代，染发兴起，老一辈看不惯。这股风潮刚刚吹到省城，故乡的街上可见不到这样的姑娘。刘女士眼前的这位姑娘，头发垂肩，黄得像成熟的麦秆，要腰有腰，要胯有胯，就是脸被头发遮住，不过卖相应该不差。

哪来的小姐？洗头房的吧？街边小店的吧？大城市让先生学坏了！赶得早不如赶得巧，刘女士一下子看到了自己将来作为单身母亲，独立、艰难地把孩子带大的凄凉画面。

刘女士再也抑制不住怒火，举起行李朝那骚狐狸砸去。

对方眼疾手快，一下将行李抓住。对方力量奇大，刘女士竟丝毫没有挣脱之力。

"黄发女"慢条斯理地说："嫂子一路累了吧？行李给我吧。"

是乡音！刘女士一下愣了。这女人声音未免过于粗犷。细看那身段，虽然有腰有胯，但是光溜溜的上身平坦无比，没胸！喉咙中央缀着一只核桃大的肿块，喉结！他拨开头发，脸型线条硬朗，稀稀落落的胡须一直延伸到下巴颏儿。

这，是个男人！

刘女士惊得忘了哭。

先生兴高采烈地介绍双方认识："老婆，这是果儿，我表弟。前段时间从老家来的，暂住在咱家。结婚前，你们见过一面的。"

果儿笑嘻嘻地跟刘女士握握手。

刘女士一直愣着，舔舔嘴唇，特咸。虽然她不哭了，鼻涕可没止住。

自从先生在济南落脚，家乡人民仿佛在省城有了办事处。特别是先生老家的那帮穷亲戚，三天两头往省城流窜。先生这小纸箱般的一室一厅变成他们的自由旅馆，管吃管住，还不收住宿费。

刘女士总说："凭什么呀？又不该他们欠他们的。凭什么白吃白住，合着你整天上班给他们挣钱了？"

先生宽慰地搂着刘女上的肩："都是乡里乡亲，低头不见抬头见的。人家求咱，咱也不好意思拒绝啊。再说我图什么呢？咱俩距离两百里地，平时顾不上你，不就希望他们记得咱的好，平日多照顾你呀？"

先生辛苦、忍让的一切出发点和落脚点都是刘女士。刘女士虽不甘，却不好多责备。噘着嘴，眼不见为净，尽量少往省城跑。

先生的亲戚够奇葩。有位六七十岁的村支书，号称来济南办事，在先生家一住就是一周。那老头就是个粗野的庄稼汉，嘴臭脚臭，睡了几天，放脚的被单都变黑了。他还不肯洗脚，说福气会被水洗干净。

刘女士和先生都够服气。老头喜欢在床上吃东西，散落的食物渣让这个家在他离开很久后仍遭受蟑螂之害。他还喜欢在床上抽烟，他曾经钻到被窝里吞云吐雾，差点把床点燃，被单上的几个黑洞就是他存在的证据。

先生还收留过来省城贩狗的小老板。那两天真是过得人蹦狗跳，种种难忍的气味加上狗屎、狗尿，还不如生活在公厕里。更过分的是，幼犬刚离开母亲，睡不踏实，晚上嗷嗷吠叫一通宵，直到居委会的大妈以扰民为由敲门，先生才把这瘟神送走。

如此种种，难以详述。

"不过收留半男不女的倒是头一回啊。"刘女士抱着臂膀，兴师问罪。

"你可别胡说，"先生差点捂刘女士的嘴，"果儿来省城学美发，现在美发师都是这副打扮，这叫艺术！再说，我俩就是闲得无聊，打打乒乓球，怎么感觉好像我对不起你？"

先生的嘴也噘起来，刘女士扑哧笑了。

刘女士在场，果儿不好意思打赤膊。他穿一件水红色的贴身小衬衫，外套一件草绿色的纤体小马甲，深蓝皮裤紧紧裹着腿肚，把屁股衬得结实、浑圆。他的皮裤过紧过小，勒得裆部莫名隆起一团，刘女士看得都难受。果儿又不能用手在那不雅观的部位东拉西扯，只能夹着臀部，一扭一扭，希望借助外力缓解裆部的不适。

先生实在看不过去，捂着脑门冲果儿喊："你把这玩意儿脱了，家里又不是没有裤子。"

趁着果儿躲进厕所换睡裤的空当，刘女士问先生："你的表亲我都见过，不记得有这号人物啊。瞧这架势，感觉没几天就得去做变性手术。"

"哎呀，你怎么能不记得呢？咱俩结婚闹洞房的时候，数他叫得欢。怂恿别人把喜糖、喜桃往咱们房间砸，还非要听墙根儿，被我妈用笤帚抽走的那个。"

"他呀！"刘女士又是一阵醍醐灌顶，"我记得他那时候理着平头，脑袋上几乎没有毛，快秋天了还光着膀子。他不是你们老家的街痞头子吗？你妈还说过，他小时候无恶不作，爬树掏鸟、带头打架、摸人家小闺女的腚。乡亲们一致认为，他到不了成年就得进少管所。怎么混到省城来了？"

先生叹了一口气："咳！种地不行吃饭行，留在家里也是死路一条，不如在省城死是吧？爹妈怂恿，他也乐意，美发好歹是门手艺，总比游手好闲饿死好。这不刚刚学成，才开始工作，就借住咱家。他打扮成这样，也是工作需要，干一行爱一行嘛。"

"死在哪儿我都不管，就是别死在咱家里，晦气！"

先生又乐："我就是打一比喻。"

"他家里不是给他找了女朋友吗？"

先生的目光一下变得遥远而迷茫："住了这么久，他都没给我提过。大概是把亲事退了吧……"

先生刹住话头，果儿穿着麻袋般肥大的睡裤，从厕所跑出来，像活泼的梅花鹿一样在刘女士和先生身边蹦来蹦去。

"嫂子来了终于能改善伙食了，表哥的手艺真够呛。嫂子，晚饭吃什么？"

果儿把长发扎成辫子，脸完全露出来。刘女士望着这个表情谄媚，笑得一脸牙的面孔，终于和记忆中那个往新房里扔喜糖的坏小子对上了号。

于是，刘女士唇齿微启，轻轻说道："吃屎。"

女主人来了，晚饭依然吃浆面条，果儿看上去有点沮丧。他很快将碗里的面条吸干净，又捞了几下菜叶，意兴阑珊地看着吃个面条都你侬我侬的小两口，叹口气，躲到一边玩去了。在刘女士的授意下，吃饭习惯狼吞虎咽的先生变得慢条斯理，仿佛在数面条的根数。

果儿的身影一消失，刘女士拨开层层面条，原来最底下卧着一只白嫩的鸡蛋。

先生受到启发，筷子一插，碗底也是实心——两个荷包蛋，相互依偎着，如同情意绵绵的小夫妻。

刘女士真能动心思，要知道果儿的碗里依然跟平时一样，只有细面条和干菜叶。她正以独特的方式，维持自己在这个家的权威和地位。

刘女士如做贼般悄声对先生说："为了这个家，你辛苦了。快吃吧。"

先生感动得脑袋一低，差点叫刘女士发现他猝不及防的眼泪。然后他夹起一只鸡蛋，扔进果儿碗里，对在床上研究小人书的果儿喊："表弟，你的饭还没吃干净呢！"

果儿一瞧，大喜过望，吃得满嘴蛋黄，气得刘女士在桌下直蹿先生的腿。

晚上睡觉又成了问题。按理说，一张单人床，两个人睡已经够挤。家里没有沙发，多余的那个人只能打地铺。由谁来打地铺呢？几种排列组合方式看似都不妥。刘女士毕竟有孕在身，不能受凉；先生睡地上，留下孤男寡女不像那么回事。两人的目光投向果儿，果儿心领神会："那好，我睡地上吧。"

刘女士乐得心里直拍手，先生忽然喊道："那可不行，刚刚过完春节，虽然有暖气，地面还是太凉。不然，咱们三个凑合凑合得了。"

怎么凑合呢？原来，先生睡正中间，刘女士和果儿各睡两侧。床真窄，必须侧卧，不然极有可能掉下去。刘女士和果儿仿佛变成先生的左膀右臂。刘女士非常不痛快，这样一来，她在家中的地位一点不出挑、一点不独特，居然和只有一面之缘的果儿平起平坐。

更令刘女士气愤的是，她都沦落至此，先生还将冷冰冰的后背朝着她。先生和果儿兴冲冲聊到半夜，一会儿足球一会儿国家形势的，刘女士完全插不上话。相信天底下没有比这更憋屈的探亲，不是说小别胜新婚吗？可这活生生的男性第三者算怎么回事呢？

刘女士越想越气，好歹先生和果儿睡熟，打起呼噜。刘女士飞起一脚，将果儿蹬下去，随后立刻躺在床上。当果儿喘着粗气爬上床，刘女士装作睡意蒙眬地训斥先生："哎呀，你别乱蹬乱蹿嘛。"

等果儿略有睡意，她又重复动作。

如此折腾一夜，刘女士在一次次咚咚的撞击声中哧哧暗笑。

在这场突如其来的战争里，刘女士终于取得阶段性胜利。

刘女士在小纸箱里住了三天。

白天，先生骑着二八大梁自行车，先把果儿送到工作的发廊，再千里迢迢去出版社上班。晚上，两人披星戴月归来。春意还没透彻，北风呼呼的。果儿搓着凉冰冰的手，等待一桌好菜暖和自己的胃。可惜每天晚上，饭桌上只有一锅干巴巴的浆面条。刘女士的手艺不见得比先生高，吃来吃去，果儿的嘴巴也噘起来。

一家三口都噘着嘴不像那么回事，三天后，刘女士告辞回乡。先生把她送到火车站，果儿没来，说刚开始上班，不方便请假。刘女士笑，这小子果然记仇。

在熙熙攘攘的火车站台，先生问刘女士："你觉得果儿这小伙子咋样？"

刘女士皱眉："还能咋样？娘了吧唧。"

先生说："这是工作需要嘛。我还想把他介绍给你表妹，两家并一家，亲上加亲。"

刘女士搡了先生一把："可别祸害表妹了，这是给她找姐妹呢？我呀，就期盼你别被传染，也变成那副德行。"

先生又乐："怎么会？"

火车呜呜开来了，先生催促刘女士上车。当刘女士璀璨的笑容出现在车窗中，先生卖力挥动手臂，大声喊着："照顾好自己。"

火车启动、提速，先生并没有追着车跑，但是那声"照顾好孩子"，却让刘女士听得一清二楚。

刘女士把脸埋进手掌，像火车鸣笛般呜呜地哭起来。

他们几乎每月都要面临一次分别，可刘女士从没这么伤心过。

刘女士哭得心脏乱跳，仿佛前头有什么不幸等着刘女士或先生。

直到火车驶出济南边界，刘女士仍旧抽抽搭搭。对面的老太太看不过去："姑娘，你没事吧？"

刘女士吸着鼻子："没事，我怀孕了。"

"哦！"老太太瞪着眼睛，恍然大悟道，"正常！"

即便回到故乡，刘女士仍坚持掌握先生的第一手动态。果儿在先生身边，不知怎么，刘女士愈加不放心，于是电话打得更频繁。二十世纪九十年代，电话还没普及到家家户户，话费贵得离谱。一个月后，先生拿到话费单，心疼得捂着胸口直叫唤，说这个月有一周都给电信公司打工了。

千怕万怕，最终还是出事了。

刘女士居然得知先生家里来了一个女人。那是果儿的媳妇。他们两人确立关系后，很快就扯证结婚了。可是果儿居然闷声不吭，独身从老家逃到省城。那女人也不简单，在从未出过县城的前提下，竟有本事摸到先生家的大门。

听到这个消息，刘女士当即就想收拾细软，一个回马枪杀回省城。

先生在电话里苦苦哀求："你可别来，你来了连住的地方都没有啊。"

刘女士的眼睛瞪起来了："怎么，那娘们儿跟你们一起住？是不是还跟你挤一张床？"

先生在电话里一个劲儿"嘘"："那是果儿的媳妇，当然他俩睡，我自个儿睡。"

刘女士哼哼着，浮萍一样的心慢慢沉下来。

"也好，他俩打地铺，你自己睡床。两口子恩恩爱爱，咱也别掺和。"

"哪呀！"先生打断刘女士，"睡床的是他们，打地铺的是我，还是在阳台上。果儿求我的，说年轻人活力旺盛，别影响他们办正事。"

刘女士急火攻心，噌一下站起来："把他们赶走，让他们住旅馆啊。"

"说得容易，"先生仿佛哭了，"哪有钱啊？"

相隔两百公里，通过一根电话线，先生的生活尽在刘女士眼前。

刘女士很窝囊地得知，在那个比单人床还狭窄的简陋阳台，七八双臭鞋子和摞得比山高的旧纸箱中间，先生用几层薄褥很憋屈地开辟出一块巴掌地——那就是他度过漫长夜晚的单人床。

三月中旬，乍暖还寒，最冷时窗户会上雾气，冷风犹如遥远的梦之安魂曲。先生左耳谛听着风的呼啸，右耳聆听着温暖卧室中传来的咿咿哦哦的叫声。这样的日子持续了半个月，先生因为久睡冷床，腰部犹如受到猛烈撞击一般闷疼。有一天，先生实在克制不住好奇心，把耳朵贴到窗户上，想将卧室的动静听真切。原来，咿咿哦哦的叫声压根不是果儿和他媳妇在做年轻人的活力之事。两人每晚都在激烈争吵，争吵的原因不外乎果儿还想在省城晃悠多久，两人的婚姻还能维持多久。直到某个晚上，先生听到果儿掷地有声的一个"离"字，果儿媳妇如海洋咆哮般放声大哭。先生心里轻飘飘的，仿佛压在胸口很久的一块石头终于放下。那晚他在凉床上沉沉睡去，一夜无梦。

刘女士很意外地得知，尽管果儿下了最后通牒，一个大大的"剧终"落在果儿媳妇的头上。这女人依然赖在先生家不肯走，每日以泪洗面。最开始她还做点活，煮点晚饭什么的，当然还是没有变化的浆面条。最后索性撒手享受，仿佛哭才是正经事。每天碗锅皆凉，先生忍着腰痛将果儿接回家，还得忍着疼痛给不共戴天的小两口做晚饭。

刘女士平静如水的心气得怦怦直跳，眯眯小眼瞬间瞪成一对火眼金睛。虽然腰身肿了，肚皮鼓了，但是收拾细软直赴沙场仍能分分钟搞定。先生好言相劝："再等等，再等等。她要是再好吃好喝不干活，我会赶她走的。毕竟是亲戚，别太冲动。"

很快，刘女士惊喜地得知，先生痛下狠心将那女人赶走了。

导火索很简单，那几天下了很大一场雨，雨后的济南城异常泥泞。尽管如此，先生依然担负接送果儿的重任。先生的白裤子因此溅上无数泥点，他忙于工作，无暇清洗，搭在椅背上。几天后，当先生想起，发现那条裤子依然维持原样。果真应了先生的预言，那女人在家整日无所事事，白吃白喝，还不干活。坦白地讲，最心软的就是先生，可是死心也是一瞬间的事儿。先生很严肃地向那女人说，再睡阳台恐怕他的腰受不了，他们想离婚还是想和好最好早做打算。

那女人终于哭哭啼啼地离开了济南，果儿也随同她去了火车站。他们一定回了故乡，一时半会儿不会回来。就算回来，应该也不会跟他挤在一起了。

先生和刘女士通电话的时候，果儿夫妇刚离开没一会儿。电话中，先生的声音沙沙的，坚毅中透露着无限失落。刘女士知道先生是最心善的。尽管高兴得仿佛有一只小手在胸口挠，刘女士仍尽量保持平静："没事，过两周，我去济南陪你。"

"那太好了。"先生的声音明显变得轻快，他一定笑了。

刘女士也笑了，抚摸着日渐丰盈的肚皮，孩子很闹，经常伸胳膊踢腿，搞得她翻江倒海。

电话那头，先生没来由的沉默。一阵哗啦声传来，是钥匙开门的声音。

一向温文尔雅的先生猛然骂道："妈的，果儿怎么又回来了？"随后如同撞鬼，匆匆挂断电话。

刘女士对着话筒里不间断的嘟嘟声发呆，忽然胃部一阵激荡，天旋地转，呕吐物如子弹一般射向脚边的痰盂。

妈的，该死的妊娠反应。

半个月后，刘女士挺着肚子，如同鬼子进村，如约偷摸去了省城。

有了前车之鉴，这回熟门熟路。

四月底，天气越来越热。彼时，先生依然为了生计熬夜工作、东奔西走；果儿已经如黏痰般在先生家赖了半年。果儿媳妇一个人在老家，平时没有果儿的消息。果儿不肯离婚，也不肯回家，就这么一直耗着。

这是一个寻常的工作日，刘女士打定主意，为先生收拾家务，再做一桌好菜。至于果儿嘛，便宜他了，让他沾先生的光，吃点荤腥。

这回刘女士的大小行李，装着牛肉羊肉、新鲜水果，再加肚皮里的这个，叫她不堪重负。

打开房门，熟悉的臭气扑面而来。将行李放妥，刘女士忽然觉得不对劲儿。眼珠转啊转，猛然转到床上。那铺展的被窝里鼓囊囊的一大团是什么呀？只见倾泻在枕头上，如花般绽放的黄色长发，黄发两旁还有两团头发，丝丝入扣地掺进黄发中。因人数众多，被子只能横放，盖住床上人的关键部位。被褥下露出三双长腿，中间的腿上腿毛茂盛，两边的光溜溜。

刘女士定了定神，才发现最中间的是果儿，他两边各有一个赤条条的女人。果儿搂着她们，三人睡得正酣。

刘女士听见自己发出足以冲破天灵盖的尖叫。

果儿猛然惊醒，一边大叫"嫂子"一边下床安抚刘女士。刘女士叫得更厉害，果儿才发现自己一丝不挂，连忙又钻进被窝。

刘女士听先生描述过果儿媳妇的样子，绝不是两个女人中的一个。

"嫂子你听我解释！"果儿一边大叫，一边着急忙慌地往下身套着什么。

"解释个屁！"刘女士气吞山河，将冻得像石块般邦邦硬的牛羊肉不管不顾地向床上三人砸去。

屋门窗户四敞大开，冷风像一记记无情的耳光，狠狠抽打刘女士。

刘女士束手束脚地躲在嗡嗡作响的冰箱后面，神情凄惶，头发蓬乱，仿佛受欺负、被侮辱。

小纸箱常年严丝合缝地紧闭，各种气味在里头发酵，头一回这么不管不顾地敞开，让冷风洗涮，让太阳照耀。虽然里面的腌臜尚未收拾，但刘女士第一回觉得，房间呈现出前所未有的干净状态——虽然果儿做的是那么一件肮脏不堪的事儿。

刘女士的怒吼、女人们的尖叫、果儿的哀求，使得一众邻居在门口探头探脑。肩佩袖章的居委会老太太上楼维持秩序，一瞧这场景，又羞又臊，连连后退，恨不能当场自戳双眼。

先生闻讯，将二八大梁骑成风火轮，四十分钟的路程，十几分钟赶回家。

先生如擂鼓般当当走进屋子，胳膊抡圆，一个耳光甩在果儿左脸。

"这一巴掌，是替你媳妇抽的。你们还没离婚呢！"

另一个耳光甩在右脸。

"这是替你父母抽的！他们花钱供你学习，不是让你做这种事的。你真脏，真恶心！"

两个耳光把果儿抽得面红耳赤。刘女士忽然想起，果儿身为街痞头子，打遍家乡无敌手的逸事。她生怕果儿发难，先生吃亏，正想挺着肚子为先生出头。

谁料果儿像个孩子，如山洪暴发，失声痛哭。

果儿抽抽噎噎："表哥，对不起……我一时糊涂……"

先生的胸膛剧烈起伏着："你白吃白住，不交住宿费、伙食费，念在亲戚的份儿上，我从没找你要过。可你居然做出这种事，还是在我家。你真没钱吗？找这两个女人够好几个月的房租了吧？以我个人的名义，更该狠狠修理你一顿。我不想打你了，你走吧，以后不要联系了。"

"表哥……"果儿哀求着。

"滚蛋！"先生剑指洞开的屋门，刘女士觉得先生特别帅气。

"还有你们，按理说抓住你们这种人，应该报警。"先生望着躲在墙角的两个女人，"你们也给我滚蛋。"

赤条条的女人衣不遮体，夺路而逃，留下一阵奶香。

果儿泪流满面地收拾行李，步履蹒跚地一步三回头。

"要不……"刘女士动了恻隐之心，她想说反正牛羊肉都砸化了，不如吃了再滚。

话未出口，一阵剧痛从腹中袭来，刘女士发出惊天动地的尖叫，眼前漆黑无边。

　　刘女士被先生和果儿送到医院，手忙脚乱好一番检查。刚才刘女士发火扔东西动了胎气，服下药，好歹虚惊一场。

　　先生义正词严地对果儿说："因为你，我差点没了儿子，这又是一个让你滚蛋的理由。"

　　刘女士冷汗涔涔，指着医院长廊尽头："你走吧，确实不能留你了。"

　　果儿孤独消瘦的背影一截一截融化进光里，因为皮裤紧勒而一扭一扭的屁股终于不在眼前晃悠。刘女士忽然涌起一阵失落，同时轻轻舒了口气。终于，把这口黏痰从鞋底擦干净了。

　　刘女士和先生回家后，将果儿躺过的被褥、用过的碗勺通通扔光，购置了新的。他们把纸箱好好收拾打扫一番，清理出几十斤垃圾。过了三天，臭气才消失殆尽，家终于有了家的样子。

　　刘女士甚至萌生了在济南打拼，和先生开始新生活的念头。

　　两人相安无事地过了一段日子。一天晚上，电话突然毫无防备地尖叫起来。

　　刘女士顶害怕夜晚的铃声，她总觉得这部米白色的电话机就像一颗不动声色的定时炸弹，之前果儿和他媳妇的种种作事都是通过这部电话传到她耳朵里的。

　　先生抱着话筒，没一会儿，眉头果然狠狠皱起来。

　　"咱们得去趟医院。"先生一把将刘女士拉起来。

"咋了？"

"果儿在医院。"先生哆哆嗦嗦地找车钥匙，"果儿被人给打了。"

两人急急匆匆奔赴急诊，将二八大梁一丢便跟跄上楼。

如盘丝洞般的输液线中间，木然地坐着果儿。果儿脑袋上裹着纱布，暗红色从纱布上渗出来。他的肩膀、胸口全是干结的血块。果儿也在输液，袖子被撕成碎条，输液线伸进袖口。

"谁把你打了？伤得怎样？"先生很着急。

"表哥，说来你可能不信，"果儿抬起头，声音哑得厉害，"一开始确实是我打他，并且完全占上风。谁知道他的兄弟就在附近……"

夫妻两人顺着果儿的目光，只见不远处站着几个颇为高壮的男人，正目光炯炯地盯着他们，刘女士感觉背后一凉，不寒而栗。

"你为啥打人家？"刘女士问。

"我看……他骑的摩托车不错，"果儿吞吐起来，"我寻思，上次让嫂子动了胎气，是我不对。但是，因为把工资花到错误的地儿，又没钱给嫂子买补品……"

"然后你就抢人家的摩托？"

果儿很艰难地点点头。

"呸！妈的你该！地痞流氓习性一辈子改不了。我看打得轻。这样得来的钱更脏！让你嫂子吃这种钱买来的补品，不是咒我们吗？"先生气得原地团团转。

大概听见动静，确认了果儿和刘女士夫妻的关系，几个高壮的汉子如大山般压过来。

先生有点慌神，将刘女士护在身后，两张百元钞扔在果儿脸上："这是我和你嫂子一个月的工资。只有这些，我不管你用来治伤还是赔偿给人家。你是死是活，从此和我们没关系。以后不要来找我们。"

话音刚落，先生拉起刘女士就走。幸好输液大厅人数众多，男人们不敢轻举妄动。

他们一骑上二八大梁，一张张油亮的面孔齐刷刷从急诊楼冲出来。

"快点！快点！"刘女士惊慌失措地叫着，她不知汉子们想干什么，但一定不好惹。

先生又把自行车骑成风火轮，身后无数道黑影紧追不放。

拐了个弯，空空如也的街道终于看不见那些身影。

刘女士紧张得扯着衣袖，浑身湿透。

先生停车，直喘粗气。

"那果儿是个祸害。"他恶狠狠地说。

终于消停了。

没羞没臊、不知廉耻的果儿，终于消失在刘女士和先生的生命中。

日子过得有声有色，刘女士甚至不想回到故乡。先生的意思也是让她暂时留在济南，刘女士大着肚子，这那的都不方便，人前人后需要照应。

刘女士乐得其所。

天气越来越热，房屋密闭性好，冬暖夏烤，吃顿饭能流一升汗水。这天晚饭后，先生牵着刘女士出门，散步乘凉。

夕阳轻如薄水，周围三三两两全是附近居民。刘女士和先生有说有笑，精神放松，一不留神拐进一条生僻的小胡同。

"这是哪儿呀？"往前走了两步，见是死路，刘女士和先生打算退回去。

回过头，先生一怔，刘女士一不留神踩住他的脚后跟儿。只见四五个高大的男人，犹如一堵厚墙，将巷口堵得密不透风。夕阳把他们的影子拉得老长，显得他们愈加魁梧。

"哥们儿，跟了你那么久，终于逮到机会了。"为首的大声喊，"你兄弟把我兄弟打了，二百块钱就想了事？我们又把他揍了一顿，那是一穷光蛋，可你不是。这件事要是就这么完了，我们多窝囊啊，是吧？"

"人又不是我们打的，"先生大着胆子喊，"讹上我们了？"

"你这么理解也不是不可以。"男人们越逼近，先生和刘女士越后退。

"要钱没有！"先生梗着脖子喊。

　　"好啊。"男人们玩味地笑着，"叫你媳妇回去给我们收拾一下卫生呗，她虽然怀着，不过长得不孬。"

　　"我操你们祖宗！"一声开天辟地的尖叫传来，先生发现不是从自己嘴里喊出的。刘女士如一匹野狼，张牙舞爪地向牛高马大的男人们扑去。

　　先生伸臂阻拦，抓了个空，刘女士虽身姿笨拙，却迅如闪电。

　　"媳妇，别闹！"先生绝望地大吼。

　　"敢动我表哥和嫂子，我弄死你们。"巷口外一声惊天霹雳般的号叫，男人们一齐回头。

　　趁这空当，先生飞身向前，一把将不断挣扎的刘女士抱在怀中："你个女流之辈，逞啥强啊？"

　　说时迟，那时快，只见夕阳下几道光影飞速闪过，好几个穿着小皮裤、扭腰甩胯的小身板纷至沓来。他们颜色各异的长发闪烁着奇异光彩，他们手中颇具威慑性的小剪刀锃光瓦亮。

　　为首的是果儿。

　　那些衣着相似，甚至模样相近的男人们，不必说，一定是他在发廊的同事。

　　表弟虽衣服紧绷，但力大如牛，很快就和男人们扭打在一起。

　　同事们自不甘示弱，小剪刀挥舞出一片银光。

　　表弟挨了一拳，脸颊青肿，对看呆了的夫妻俩喊："自从发生那事，我就把工作换到咱家附近的发廊了。这种人我了解，绝不会善罢甘休。我得保护你们啊，要是你们因为我受伤害，这辈子我别想安生了！刚才我发现他们跟踪你，立刻把兄弟们叫来了！表哥、嫂子，我对不住你们……"

此时，对方一记扫堂腿，果儿如一截硬木扑通摔倒在地。

果儿忍受着背部袭击，勉强抬起头，声嘶力竭地大喊："有我们掩护呢！表哥，带着嫂子跑啊！"

先生醍醐灌顶，一把将刘女士扛起。巷口空出老大一块，男人们被果儿和他的同事们牵制，动弹不得。

先生小心翼翼地躲开拳脚，不一会儿便跑出老远。

刘女士回头张望，果儿的鼻子被一记老拳击中，鼻血四溅飞扬，又红又美，触目惊心。

发廊小哥和当地地痞的械斗，最终由警察摆平。

最重的伤是果儿造成的，他用剪刀把对方的耳垂铰下来一大块。

偏偏受伤的那个家里有权有势，在法庭上各种咄咄逼人。果儿家没权没钱，最后果儿被判三年。

果儿的父母在法庭上哭天抢地，刘女士和先生看不下去。先生拉着肚子圆成一片鼓的刘女士，提前离场。

果儿锒铛入狱的日期和刘女士的预产期前后不差三天。

　　羊水破了，刘女士叫得昏天暗地。先生小心翼翼带她去医院。可是关门的瞬间，先生凝望着小纸箱中的家具，长久愣神。直到刘女士气得大喊"你干吗呢"，先生才如梦方醒，谨慎地搀扶刘女士下楼。

　　先生没有告诉刘女士，关门的瞬间，他仿佛听到了遥远的，铁链、铁门碰撞的金属响声。

　　先生姓王，是我父亲。

　　这一切，是我出生前的故事。

　　三年后，果儿出狱，和老家的媳妇正式办理离婚手续。他去遥远的首都进修美发手艺，逢年过节都不回来，再也没和刘女士、王先生有丁点联系。

　　"谁知道他现在是死是活呢？他那种人，地痞流氓性格，还是个娘炮流氓。要是没被人打死，现在也得四十多岁了。"刘女士轻描淡写地说。

　　"其实看一个男人是否够男人，不能光看他的装扮，更得看他是否有担当。就这点来看，我觉得果儿挺爷们儿。"我说。

　　我看着刘女士："妈，你老实讲，当年他给你们带来这么多麻烦，你到底恨不恨他？"

　　"谈不上恨。用现在的话来说，他挺渣的。对媳妇不珍惜，还在外头找花儿。可是呢，他为了保护我们，又做出那么大的牺牲。虽然那件事起根儿上是他惹的麻烦。人啊，是最复杂的。你不能用一两件事或者固有印象去评判一个人。"

我乐了："说来说去，你们心里还是有他，不然为啥我小时候的小名叫'玉果儿'呢？"

刘女士一怔，莞尔一笑，泪眼婆娑。

"毕竟，他是我们的亲人啊。"